スイマーズ

ジュリー・オオツカ
小竹由美子 訳

CREST BOOKS
Shinchosha

アンディーへ

THE SWIMMERS
by
Julie Otsuka

First Japanese edition published in 2024 by Shinchosha Publishing Co., Ltd.
Japanese translation rights arranged with Julie Otsuka, Inc.
in care of The Marsh Agency Ltd., London,
acting in conjunction with Aragi Inc., New York,
through Tuttle-Mori Agency, Inc., Tokyo

Illustration by Kashiwai
Design by Shinchosha Book Design Division

スイマーズ

地下のプール

プールは地下深く、この街の通りから何フィートも下の、広大な洞窟のような空間に位置している。わたしたちのなかには、体を傷めて、それを癒すためにここへ来ている人がいる。腰痛、扁平足、潰(つい)えた夢、傷心、不安、憂鬱症、無快楽症(アンヘドニア)、地上でよくあるこうした心身の病に悩んで。わたしたちのなかには、近くの大学に勤めていて、地下のこの水のなかで昼休みを過ごしたいという人もいる、同僚やパソコン画面に睨みつけられる環境から遠く離れて。わたしたちのなかには、たとえ一時間だけでも地上の結婚生活への不満から逃避してくる人もいる。多くはこの近くに住んでいて、ただただ泳ぐのが好き。なかのひとり——現在、認知症の初期段階にある退職した元検査技師のアリス——は、今までずっとそうしていたからここへ来る。そして、たとえロッカーの鍵の数字の組み合わせやタオルを置いた場所は覚えていられなくとも、水に入ったとたんにどうすればいいかわかる。彼女のストロークは大きく滑らかで、キックは強く、頭は澄んでいる。「上ではね」と彼女は言う、「わたしはそこいらのただのお婆さん。でも地下のこのプールだと、わたしはわたしなの」。

　プールではたいていの場合、悩み事を地上に残しておける。画家になれない人たちが、優雅な平泳ぎをみせる。終身在職権を得ていない教授たちが、サメのように、息をのむスピードで水を切る。離婚したばかりの人事部長が、色褪せた赤い発泡スチロール板を摑んで何を気にすることもなくバタ足で進む。広告業界で人員削減の憂き目に遭った男が、ラッコのように仰向けに浮いて、その日初めて何も考えないで淡いブルーの天井に描かれた雲を眺めている。**なるようになるさ**。悩んでいた人たちは悩むのをやめる。連れ合いに先立たれた女たちは嘆き悲しむのをやめる。地上では注目を集めることができず仕事にあぶれている俳優たちが、速い人用(ファスト)レーンを苦もなく滑るように進む、ついに本領を発揮して。**はい到着！**　そしてほんの一時、わたしたちはすっかりくつろぐ。気持ちは晴れやかになり、チック症状は消え、記憶は蘇り、片頭痛は解消し、すこしずつ、すこしずつ胸のざわめきが静まっていく、どんどん水をかいて何度もプールを往復して泳ぐうちに。そして泳ぎ終えて、体をぐっと持ち上げてプールから出ると、爽快な気分で水を滴らせ、心穏やかになったわたしたちは、地上での一日にまた向き合えるようになっている。

　地上では、山火事、スモッグ警報、大規模な干ばつ、機器の紙詰まり、教員のスト、暴動、革命、いっこうに和らぎそうにない猛暑（**巨大な「ヒートドーム」が西海岸全域を永続的に覆っています**）、でも地下のこのプールでは、いつも快適な二十七度。湿度は六十五パーセント。視界は良好。レーンは整然として静かだ。時間は限られているものの、わたしたちの必要性を満たすにはじゅうぶん。わたしたちのなかには、起きてすぐ来る人もいる、清潔なタオルを肩から掛けてゴーグルを手に、午前八時になったら泳ごうとやる気まんまんだ。午後遅く、仕事を終えて、まだ太陽が明るく輝いている頃にやってくる人もいる、そして再び地上へ出るころにはもう夜だ。車の往来はまばらになっている。油圧ショベルはなりをひそめている。鳥はみんないなくなっている。そしてわたしたちは、今日も夕暮れがたれこめてくる一時を避けられてよかった、と思う。**あの時間帯だけはどうもひとりでいるのが嫌でねえ。**わたしたちのなかには、きちんと週に五回プールに通ってきて、たとえ一日でも抜かすと罪悪感がこみあげてくる人もいる。毎週月水金の正午に来る人もいる。閉まる三十分まえに来る人もひとりいて、彼女が水着に着替えて水に入るや、もう上がらないといけない時間だ。パーキンソン病で死にかけていて、来られるときだけ来る人もひとりいる。**俺がここに来てるってことは、今日は調子がいいんだと思ってくれ。**

　プールにおけるルールは、暗黙のうちに全員に遵守されている（わたしたちは自らを誰よりも厳しく律している）。走ってはいけない、大声を出してはいけない、子どもは不可。サークル・スイミングのみ（反時計回りで、常に黒いラインの右側を泳ぐこと）。バンドエイドはすべて剝がしておくこと。決められたとおり更衣室で二分間のシャワー（温水で、石鹸を使用）を浴びていない人はプールへ入ってはならない。原因不明の発疹あるいは開放創のある人はプールへ入ってはならない（ただし、生理中の女性はその限りにあらず）。このプールの会員でない人はプールに入ってはならない。ゲストは許可される（会員一名につき一回一名のみ）が、僅かながら日割りの料金が必要。ビキニは禁止ではないが推奨はされない。水泳帽着用のこと。携帯は禁止。プールにおける正しいエチケットを常に守ること。ペースを保てないのであれば、自分のレーンの端で止まって、後続のスイマーに先を譲らなければならない。前を泳ぐスイマーを追い抜きたいときには、相手の足に一度タッチして通告しなければならない。うっかりほかのスイマーにぶつかってしまった場合には、相手がなんともなかったか確かめなければならない。アリスには親切にすること。監視員には常に従うこと。もちろんのことだが、一定の間隔で顔を横に向けて息継ぎするのを忘れないこと。

　地上における「現実生活」のなかでは、わたしたちは、過食に悩んでいたり、おちこぼれだったり、犬の散歩を仕事にしていたり、異性装者だったり、編み物に取り憑かれていたり（**あと一段だけ**）、こっそり金を貯めこんでいたり、三文詩人だったり、いつも連れ合いにくっついていたり、双子だったり、ヴィーガンだったり、「ママ」だったり、二流のファッションデザイナーだったり、不法移民だったり、修道女だったり、デンマーク人だったり、警官だったり、テレビで警官役（「お巡りさんのマホーニー」）しかやっていない俳優だったり、グリーンカード抽選プログラムで永住権が当たった人だったり、年度ごとの「傑出した教授」に二度ノミネートされた人だったり、全国レベルの囲碁棋士（ゴ・プレイヤー）だったりして、ジョージが三人（足専門医のジョージ、不祥事を起こした投資家の甥のジョージ、ウェルター級でゴールデングローブに出場した元ボクサーのジョージ）いて、ローズが二人（ローズと、もうひとりのローズ）いて、アイダがひとり、アリスがひとり、たいした人間じゃないと自分で言っている人（**私のことはおかまいなく**）がひとり、SDS（学生活動家組織）の元メンバーがひとり、重罪を犯したとして有罪判決を受けた人が二人いて、依存症患者、使える人、苦境にある人、世を拗ねた人、絶版本みたいな人、運のない人（**どうも抗体陽転しちゃったみたいでさ**）、不動産業界におけるぱっとしない職歴にそろそろ終わりが見えてきた人、だらだら長引く離婚係争のただなかにいる人（**もう七年目**）、子どものいない人、働き盛りの人、マンネリに陥っている人、せわしない人、寛解期の人、化学療法三週目の人、深くしつこい絶望感に陥っている人（**慣れることなんてとてもできない**）だったりするのだが、この地下のプールでは、わたしたちは三つのうちのどれかでしかない。速い(ファスト)レーンの人、中くらい(ミディアム)レーンの人、ゆっくり(スロー)レーンの人。

ファスト・レーンの人たちはこのプールの最上位グループだ。緊張感にあふれ精力的で、そのストロークはこの上なく自信に満ちている。水着姿はとても格好がいい。解剖学的に言うと、中胚葉型体格が多く、浮力を高めるために一、二ポンド余分な脂肪をつけている。肩幅が広く、胴が長く、男女半々だ。キックすると必ず水が沸き立つように激しく攪拌される。彼らの通り道には近寄らないに越したことはない。生まれつきのアスリートで、リズムとスピードの両方に恵まれていて、ほかの皆が持ち合わせない水に対する不可思議な感覚を備えている。

ミディアム・レーンの人たちは、ファスト・レーンの仲間たちよりも見るからにリラックスしている。体の大きさも姿もまちまちで、もっと速い人用の上級レーンで泳ぐという、かつては抱いていたのかもしれない夢などとうの昔に捨てている。どれだけ懸命に努力しようとそんなことにはならない、そうわかっているのだ。だけどときたま、誰かひとりが憑かれたかのごとく猛烈に水を蹴り、とつぜんわれ知らず手足を回転させ始める、まるでなぜか一瞬運命に逆らえるとでも思ってしまったかのように。だがその瞬間はけっして長続きしない。脚はすぐに疲れ果て、ストロークは短くなり、肘は下がり、肺が痛くなってきて、片道か一往復すると、毎日の通常のペースに戻る。**まあこんなもんだ、**と自分に言い聞かせる。それから、にこやかに機嫌よく――**ちょっとふざけただけだよ！**――泳ぎ続ける。

スロー・レーンの人たちは、最近退職した年配の男性や、四十九歳以上の女性、水中歩行者（ウォーカー）や水中ジョガー、ちょうど今人々が泳ぎ方を学んでいるという（**運転も同じ状況**）内陸にある新興の発展途上国から訪れている経済学者や、ときにはリハビリ中の患者もいる。彼らには親切に接すること。決めてかかってはいけない。彼らがここへ来るにはさまざまな理由があるのだ。関節炎、座骨神経痛、不眠症、最新のチタン製人工股関節、生まれてこのかた地面を踏みしめてきてくたびれ果てた痛む足。「ハイヒールなんかぜったい履いちゃダメって母に言われたもんだわ！」。このプールは彼らの聖域、隠れ家、痛みから避難できるこの世で唯一の場所なのだ、なんといっても、症状が和らいでくるのはこの地下の水のなかでだけなのだから。**あの黒いラインが引いて**

あるのを見たとたん、具合が良くなる。

地上では、わたしたちの多くが年とともに動きが鈍くなり、見苦しく不様になる。余分な体重がついてきて、いろいろなことを諦めはじめ、カラスの足跡がひっそりと、でも容赦なく、フロントガラスのひび割れのように目の端から扇形に広がっていく。だが地下のこのプールでは、昔の若い頃の自分に戻る。白髪交じりの髪はダークブルーの水泳帽の下に隠れる。眉間のしわは消える。足を引きずらなくなる。地上では膝痛に悩むやかんのような丸い腹の男たちが、明るいオレンジ色のフローティングベルトを着けて優雅な動きで上下しながら、その場で水中ジョギングしている。とっくに盛りを過ぎた特大サイズの女たちが、水のなかではしなやかで機敏になり、引き締め効果のあるスパンデックスの水着姿はイルカのように艶やかだ。お腹は平らになっている。胸は上がっている。失われて久しいウエストのくびれがまた現れる。**ほらあった！**　わたしたちのなかでいちばん丸ぽちゃの人でさえ、その堂々たる巨体で落ち着き払ってやすやすとレーンを進んでいき、まるで壮麗なクイーン・メアリ号のようだ。**わたしのこの体はね、浮くようにできているの！**　そして、いつもは地上でたるんできた容貌を嘆いているわたしたちは——**顔の衰えをせき止めておくのが年々難しくなるのよね**——水の上を悠々と滑るように進む、隣のレーンにいるスイマーの曇った着色レンズ・ゴーグル越しでは、こちらの姿は周辺をちらと過(よぎ)るぼやけたものでしかないとわかっているので、安心して。

要注意人物。ターンを繰り返しながらガンガン泳ぐ人、がむしゃらに手足をバタバタさせる人、周囲を気にせず背泳ぎする人、こっそり潜水する人、女に追い越されかけていると気づくや何が何でもスピードをあげようとする中年男たち、後ろからぴったりくっついてくる人、レーンのナチ、腕を振りまわす人、足首を引っ張る人、ナンパ名人（わたしたちのところはそういった類のプールではない）、のぞき見する人（地上では評判の良い、子ども向けＴＶ番組司会者の男が、地下では素早くレーンを変えることで悪名高い――**第四レーンにセクシーな新参女性スイマー！**――それと「偶然」水中でぶつかることで。**おっと失礼**）、ストロークが限度を超えて大きい（ヨガのやりすぎ）第四レーンの女性、三度出場した元オリンピック選手（百メートルメドレーリレーで銀メダル二個、百メートル背泳ぎで銅メダル一個）、今は医大の二年生で、テレビで観ていたのと実際とはずいぶん違う。「彼女、もっと大きいのかと思ってた」彼女が予告なしにやってきたあとには、こんな落胆の声がよく耳に入る。このオリンピック選手を目にするのは滅多にないことだ。彼女はやってきて、水に飛び込み、泳ぐ――ゆったりと物憂げに、見たところ力を尽くしている様子など一切なく、だが、ひとかきごとにわたしたちの三倍は遠くまで進む――それから地上の生活へ戻っていく。邪魔をしてはいけない。サインを求めたりしてはいけない。彼女はわたしたちのガルボ、ほうっておいてほしいのだ。

わたしたちのコミュニティには、更衣室でしか顔を合わさない、プールではけっして見かけることのないメンバーが何人かいる。デンタルフロス使用の常習者（女性用更衣室、中央のシンク、時計のように規則正しく一日に三回現れる）、トイレットペーパー泥棒（男性用更衣室、週に一度、けっして必要以上は盗らない）、鏡で確かめる人（「あたし、ちゃんとしてる？」とこの人は訊ねてくるから、熱っぽく答えてあげなくてはならない、「うん、すごく素敵！」）、几帳面に髭を剃る人（顔から髭を一本残らず取り除くために午前中いっぱいかかることもある）、目を閉じて、頭をそらして、両脚を大きく開いて何時間もシャワーの下に立って、清潔になるにはこのチャンスしかないのだと言わんばかりに躍起になってせっせと体に石鹸を塗りたくっている、左右揃っていないビーチサンダルを履いたがっしりした女。こういった人たちは無害だ。彼らにはここに来るそれなりの理由がある、わたしたちと同様に。怖がる必要はない。笑いものにしてはいけない。なるべく彼らと波風をたてないようにすることだ。もう何年も、わたしたちにはなんの迷惑もかけずにここへ来ているのだし、今になって邪魔だてすると、きっとレーンで何か悪いことがふりかかるだろうから。

監視員は「職員専用」と記されたべつの入口からプールに入ってきて、木製の観覧席の前にある丈の高い金属製監視台のてっぺんにすわり、何時間も水面を見わたす。監視員は白い短パンとライトブルーのシャツという服装、彼らの上司であるプール管理責任者は、眼鏡をかけた小柄な男で、着古したウインドブレーカーを羽織っていて、中二階の低い部分の踊り場に並ぶ自販機の反対側にある窓のない部屋がオフィスになっている。監視員は痩せっぽちの十代の男の子のこともあれば、大人の男のこともある。ときおり、若い女のこともある。監視員は遅れてくることが多い。時間どおりだろうが遅刻してこようが、若かろうが年寄りだろうが、男だろうが女だろうが、監視員はけっして長くは続かない。先月の監視員は隣町からきている失業中のＩＴ関係の男だった。そのまえの月は、地元のフットボール・コーチの息子だった。わたしたちの言う、陸者（ランド・ピープル）だ。今月の監視員は年齢不詳の黒っぽい髪の男で、いつも耳にラジオをぴったり押し付けている。もし何か考えているとしても、何を考えているのかさっぱりわからない。わたしたちが愛想良く挨拶すると、かろうじてわかる程度に頷く。この新しい監視員については噂が飛び交っている。年は二十七だ。五十八だ。彼は泣いている。彼は寝ている。どうでもいいと思っているのだ。いつも心ここにあらずなんじゃないだろうか。というのも、見るからにほっとした顔になるのだ――ほくそ笑みを押し殺せないでいる、と言う人もいる――毎回最後に笛を吹いて、かすかだけれどもちょっと東ヨーロッパ出身者っぽい訛が聞き取れる発音で、わたしたちがいちばん嫌いな言葉を叫ぶときには。「全員水からあがって！」。

陸へ戻った直後が、どうしたっていちばん大変。木々の隙間だらけの樹冠越しに差す陽射しは眩しすぎる。空は耐えられないほど青い。黒っぽいスーツに身を包んだ不安げな面持ちの男たちが慌しくそれぞれの車に乗ったり降りたりしている。疲れ果てた細身の母親たち。小さな白い犬が、繫がれている伸縮自在のリードをいっぱいに伸ばして突進し、噛みつこうとする。**フレディー、やめなさい！** サイレンの音。削岩機。異様に青々した芝生。わたしたちは深く息を吸いこんで、湿ったタオルを無頓着に肩にかけ、重い足を交互に踏みしめてとぼとぼ歩いていく、髪は濡れて膝はがくがく、目の周りにはまだゴーグルの跡が深い溝になったまま、A地点からB地点まで。**ただいま！** そして、地上の生活へ戻るのはあくまで不本意ながらであるとはいえ、もろもろを淡々と受け流す、なにしろここでは、この地上の大気のなかでは、わたしたちは単なる日帰り客にすぎないのだから。

夜遅く、うとうと眠りかけながら、わたしたちは頭のなかでフォームのおさらいを始める。腕はもっと高く、脚はもっとまっすぐに（**腰から蹴る、膝からでなく！**）、肩はもっと力を抜いて。自分の体がぐっと壁から離れるところを思い描く、つま先をぴんと突き出して体をできるだけ伸ばして、それから体を片方へ傾（かし）げて水をかく。**樽の向こうへ手を伸ばすつもりで。**胴体は流線形に。足首はゆったりと。わたしたちの気持ちは、陽気だけれど穏やかだ。**ただの水だよ。**息継ぎを練習する、鼻と口から肺にいっぱい空気を吸い込んで、それから口をすぼめてゆっくりぜんぶ吐き出す。毛布を頭の上まで引っ張りあげ、枕に向かってそっと呟く。**頭と背骨を一直線に、頭と背骨を一直線に。**しぶしぶながらも律儀に、わたしたちは過去の間違いを思い返す。**何年も息を止めていたっけ。**連れ合い――連れ合いのいる人は――が眠たげに手を伸ばしてきて、いったい何を考えているのと訊ねると、「何も」とか「明日は資源ごみの日だっけ？」とか「あの恐竜たちはどうしてほんとに消えちゃったんだと思う？」とか返事する。だけどぜったい「プールのこと」とは言わない。プールはわたしたちのもの、わたしたちだけのものだからだ。**わたしにとっての、秘密の楽園（ヴァルハラ）なの。**

地上で過ごす時間が長くなりすぎると、わたしたちはいつになく同僚に対して無愛想になり、業務で失敗し、ウエイターに無礼な態度をとる、わたしたちのなかにもひとり——第七レーン、小さな黒のｓｐｅｅｄｏ（スピード）の水着、巨軀、アザラシのヒレみたいな足——ウエイターがいるというのに。連れ合いを喜ばせたりしなくなる。**今はダメ。**そして地下へ降りたいという衝動を懸命に抑えようとしながらも——**そのうちおさまるから、**と自分に言い聞かせる——強い焦燥感がこみあげてくるのが感じられる、なんだかまるで人生を取り逃がしているかのような。**ちょっと水に浸かれば、すべてオッケーなんだけど。**そしてもう我慢できなくなると、礼儀正しく詫びを言って、なんであれそのときにやっていること——読書クラブで今月の課題本について話し合っている、職場で同僚の誕生日を祝っている、恋愛関係を終わらせようとしている、地元スーパー、セイフウェイの蛍光灯で照らされた通路をあてどなくうろうろしながら、何を買いにきたのか思い出そうとしている（**マロマーズ・チョコクッキーだっけ？　ローナドゥーン・ショートブレッドクッキーだっけ？**）——を中座して、地下へ泳ぎにいく。なんといってもこの世にプールよりも行きたい場所などないのだから。ロープで仕切られた幅広のレーンには、1から8までくっきりと番号が付されていて、深い側溝が適切に配され、陽気な雰囲気の黄色いブイが気持ちよくあるべき間隔で並んでいて、男女の入口は分かれてはいるけれど平等、天井の埋め込み式アンビエント照明の光は温かく、何もかもが、地上の生活には欠けている癒しと秩序の感覚を与えてくれる。

水の衝撃――地上にはこんなものはない。冷たく澄んだ液体で皮膚が隈なく撫でられる。重力の支配から一時的に逃れられる。我が身を奇跡のように浮かべて、なんの制約も受けずにプールの青い艶やかな表面を滑るように進む。**わたしは自由だ。まるで飛んでいるみたい。**動いていることの純粋な喜び。欲求はすべて消え失せる。とつぜん宙を飛んでいる。漂っている。恍惚となって。幸福感に満たされて。至福のあまりうっとりと忘我の境地で。そして長く泳ぐにつれ、もはやどこまでが我が身でどこからが水なのかわからなくなり、自分と世界との境界がなくなる。**涅槃**（ニルヴァーナ）**だ。**

わたしたちのなかには毎日百往復泳がなくてはいられない人もいる、六十八往復（一マイル）とか百二往復（一マイル半）の人も、あるいはきっかり四十五分泳ぐ人（第六レーンのエドアルド）、またはよくない考えがどこかへ行ってしまうまで泳ぐ人も（第二レーンのシスター・キャサリン）。わたしたちのひとりは、自分がちゃんと数えられているとは思えなくて、いつも一往復か二往復余分に泳ぐ、毎回「念のために」。ひとりは、いつも五回以上は数えられなくなる。ひとりは（『素数の慰め』の著者、ウェン・ウェイ・リー教授）きっかり八十九往復するのを好む。ひとりは、五十三往復目に入ったとたん、至福ポイントに達するのだと断言する。「毎回そうなの」。皆、自分なりの儀式がある。ひとりはプールへ飛び込む前に階段の吹き抜けに貼ってある盗難注意のラミネート加工ポスターの赤い手に――さりげなく――目をやらないではいられない。ひとりはプールに飛び込むまえに錆びだらけの噴水式水飲み器から水を三口飲まなくてはならない、水道管の鉛を恐れているにもかかわらず——というか、だからこそだと言う人もいるが(「俺はリスクなんか恐れないぞ！」)。ひとりは、元夫が第八レーンで泳いでいるときにはいつものレーン(第七レーン)では泳がない。ひとりは彼女の「新しい」夫となって五年半経っていて、その五年半のあいだなんの文句もなく第六レーンで泳ぎ(「自分の立場は弁えてる」)、何も気づいていないふりをしている。「自分たちで解決させればいいさ」。なかには泳ぐまえのストレッチにこだわる人たちもいるし、泳いだあとにストレッチするのがいちばんだと——同じくらいのこだわりようで——主張する人たちもいる。第四レーンを背泳で泳ぐひとりは、帽子に二度触れてから五つ数えないとプールからあがれない。「理由はわからないんだけど」。わざわざ数えようなんて思わずに気がすむまで泳ぐだけのアリスもいる。

不満があっても——誰かがやたら大きな声で盛んにしゃべっている、時計が止まっている、遅い人がファスト・レーンで泳いでいる、速い人がスロー・レーンで泳いでいる、お気に入りのモノポリーボード柄のタオルが更衣室から消え失せた、肩が痛む、ゴーグルが水漏れする、行きつけの美容師がおかしくなった——監視員に訴えたりしないことだ。十中八九監視員は何もしてくれないから。ただし、自分でなんとかするなら遠慮はいらない。肩のストレッチを幾つかやってみる。新しい美容サロンを見つける。せこいと思われるリスクはあるが、こんな貼り紙をする。**わたしのタオルを盗んだのは誰ですか？** 大声でしゃべっている人には礼儀正しくでもきっぱりと、声を小さくしてもらえませんかと頼む。あるいは、もしそうしたければ、規則を破った人を直接管理側に通報してもいい、紙に違反者の名前を書いて、プール管理責任者のオフィスのドアにある金属製のご意見箱（または「告発状ポスト」）に入れてもいい。とはいえ、その瞬間から裏切者と見なされ、無言の軽蔑の対象となるリスクがあるのは承知しておくこと。あなたを見ると会話がストップする。「ほらあの人よ」。更衣室の仲間たちは挨拶してくれなくなる。未来永劫、美しいとは言えない裸の背中を向けられることとなる。そしてある日、シャワーから出ようとすると、不可解なことに水着までもが消え失せているのに気づくこととなるやもしれない。だから、まずはよくよく考えることだ、水泳仲間を糾弾し、地下プールからの恒久的かつ取り消し不可の追放、という最悪の運命をもたらすまえに。

フリップターン。わたしたちのなかにはできる人もいるけれど、多くができない。「すごく怖い」とひとりは言う。腰の痛みが悪化する、ともうひとりは言う。なんとかできるようになりたいと思う人たちもいる――「やるべきことリストに入れてるよ」――一方で、考えようともしない人たちもいる。「一度やってみたんだけど、溺れるかと思った」。ひとりは、ターンを始めるのが遅すぎて壁に頭をぶつけるんじゃないかといつも怖がる。「といってもそんなこと一度もないんだけど」。ひとりは元全米代表で、その凄まじい勢いの洗練されたターンは全員の羨望の的だ。**彼の水しぶきってぴったり適量なのよね。**ひとりはつい最近、六十三歳にしてフリップターンができるようになった。「遅すぎるってことはない！」。ひとりは数十年まえにターンのやり方を覚え、壁に近づくのはかなり遅くなってはいるものの、筋肉の記憶は彼女の脳のシナプスになおも深く刻み込まれている。「ひねりを加えたでんぐり返しってだけのことよ」。ひとりは彼自身の「速くて、とびっきりの」ターンに過度な誇りを持っている――「自分のことでいちばん気に入ってるのがあれなんだ」――そしてほかの人たちは無関心を装う。「だからって何？」とか、「ほんと、知ったこっちゃないよね？」とか。だってわたしたちがこのプールに来るのは、結局のところターンするためじゃなくて泳ぐためなのだから。

　この地下の生活にも好ましくない点があることはわたしたちがいちばんよくわかっている。たとえば、この地下世界にはプライバシーがない。それに、変化もほとんどない。**わたしは過去二十七年間、毎日第三レーンで背泳ぎで泳いでる。**それに、プール管理責任者のオフィスの机の引き出しの底に、食べかけの二本のパワーバーの下敷きになってしまい込まれたらせん綴じの会員マニュアルを除いて、本がほとんどない。それにまた、散歩道もないし、水平線もないし、昼寝もできないし、なにより悲しいことに、空もない。だけど、とわたしたちは熱心に言いたてる、激流もないし、クラゲもいないし、日焼けもしないし、雷もこないし、インターネットもないし、馬鹿げたこともないし、クズどももいないし、それになにより、靴が要らない。そして、水平線や空がない代わりに、静けさがある。だってプールの素晴らしさのひとつは、騒々しい地上の世界から束の間逃れられることなのだから。生垣刈り込み機（ヘッジ・トリマー）や小型芝刈り機（ウィード・ワッカー）の音、警笛を鳴らす人（ホーン・ホンカー）、鼻をかむ人（ノーズ・ブロワー）、咳払いする人（スロート・クリアラー）、ページをめくる人（ページ・ラスラー）、どこへ行こうと絶え間なく鳴り響く音楽――歯科医院でも、ドラッグストアでも、奇妙な耳鳴りを診てもらおうと耳鼻科へ行くときのエレベーターのなかでも。**先生、頼むからこの耳鳴りを消してください！**　頭を水に沈めたとたん、そんな騒音はすべてなくなる。聞こえるのはただ心休まる自分の呼吸音、自分の腕がリズミカルに上下して水をかく音、隣のレーンで近くを泳ぐ誰かのバタ足のバシャバシャいうくぐもった音だけで、そしてときおり、妙なる歌声がきれぎれに流れてくる、塩素がきつくにおう空気のなかを夢幻の霧のように。あら、アリスだ、花柄の白い帽子をかぶりながら「ダンシング・オン・ザ・シーリング」を歌っている。**ザ・ワールド・イズ・リリカル・ビコーズ・ア・ミラクル……**でもたいていの場合は、澄んだ冷たい水をすいすい進んでいく自分と自分の物思いしかない。

　わたしたちのひとり、四十六歳にしてしゃらっと五人目の子どもを妊娠中のデイリー・トリビューン紙健康コーナー担当記者は、父親が診断未確定のハンチントン病であることに、レーンを何度も往復しながら気がついた。**でね、これまでずっと父は頭がおかしいんだとばかり思ってたの。**ひとりは、レーンの往復を繰り返しながら毎週の天文学の講義を作成し、仕上がるとプールから出て観覧席へ行き、黄色い、濡れていないノートに書きつける。**地球の皆さん、こんにちは、**と彼はいつも始める。ひとりは写真並みの記憶力を持っていて、その日のクロスワードパズルを、毎朝レーンを往復しながら解く。「十分かかるなら十分泳ぐ。一時間かかるなら一時間泳ぐ」。ひとりは、レーンを往復しながら今月の目標を検討する。**ポートフォリオを多様化する、間食をやめる、波紋を起こす、ダグと別れる。**アリスはプールの底に引かれた黒い線を見下ろしながらレーンを往復し、頭のなかでは子ども時代の光景がつぎつぎと蘇る。**砂漠で縄跳びしたっけ。砂の**

なかの貝殻を探したっけ。鶏がもっと卵を産んでいないかラズベリーの茂みの下を確かめたっけ。いったん地上の生活に戻ったら何ひとつ思い出すことはないのに、この日はそのあとずっと、まるで長い旅でもしてきたように、元気いっぱいでしゃっきりした気分だ。

地上で思いがけずプール仲間に出くわしたら、まごまごして顔を赤らめてしまうかもしれない、まるで初対面みたいに。その人とはもう十年以上も、毎日びしょ濡れの裸同然の姿で会っているというのに。**服を着ているとと彼女だとわからなかった**、なんて心のなかで思うかもしれない。あるいは、**彼のシャツ、ぴちぴちすぎる**。あるいは、**あのジーンズ、年齢にそぐわない！**　そしてそれ以降は、もう二度とその人を同じようには見られなくなってしまう。あるいは、薬局のなかでなぜかわからないまま知らない人を見つめていて、それからとつぜん気がついたりとか。**いつも第三レーンで泳いでる、シュノーケルつけた男の人じゃないの。あの人も高脂血症治療薬のリピトールを飲んでるんだ！**　あるいは、ショッピングモールに車を走らせていて、強烈なデジャヴュの一瞬を経験する、誰かがビューーッと追い越していくのだ、レーン仲間のシュゼットだ、高級車の黒のBMWで、地上でも地下と同じ礼儀作法で追い越していく。「あら、スー！」とこちらは叫びながらアクセルを踏み込み、お返しに短くクラクションを鳴らす。あるいは、ロングス・ドラッグスから出てくるアリスを見かける——**髪はぼさぼさ、ズボンは裏返し**——そしてちょっと足をとめて、変わりないか訊ねる。「万事順調！」と彼女は答える。「また今度プールでね！」。そして今度会ったときには、彼女はまたしゃきっとしていて、緑と白のスモッキング水着という素敵な姿で、左右の腕をつぎつぎと優雅に伸ばして水をかき、静謐な水のなかをどんどん泳いでいく。

驚異的な量の食べ物がつぎつぎ摂取される新年や大型連休のあとは、何ポンドか落としたいと躍起になっている新入りがどっと増えることに気がつくかもしれない。どか食いスイマー、とわたしたちは呼ぶ。彼らはシャワーを浴びずに水に飛び込む。帽子をかぶるのを忘れる。ロープの下をくぐって、隣のレーンへ昆虫のようにすっと移動する。アリスに優しくしない。「どいてくれよ、おばさん」。ルールなどお構いなしだ。追い越そうとして彼らの踵に軽くタッチすると、さっと向きを変えて怒りだす。「おい、なんだよ、触らないでくれ」。しばしば彼らは、自分は速いと思い込んでいる。でもさいしょは自信たっぷりな態度で速く泳いでいても、とつぜんぴたっと止まってしまったりする、レーンの途中でロープにすがりついてはあはあ息を切らして、あとに続く全員に足止めを食わせる。「ちょっとひと休みしてるだけだ」と言う。腹を立てないほうがいい。できれば判断は先送りにすることだ。なんといっても彼らは一時的にわたしたちのプールを汚しているにすぎない、意志薄弱な侵入者で、ここに長くいることはないのだから。一週間か二週間すると、彼らはすっかり興味を失い、どのレーンもいつものあまり混み合っていない状態に戻る。

もちろん、プールはわたしたちのもの、わたしたちだけのものだというのは幻想だ。このプールに同じくらい強い愛着を持っている他の使用者たちがいるのを、わたしたちは心得ている。たとえばトライアスロンのスイムパートのコーチたち、毎週日曜日の午後四時半から六時まで練習する。あるいは、アマチュアダイバーたちのサークル（毎週火曜と木曜の正午から一時まで）。五歳未満児対象の「オタマジャクシ水泳教室」（土曜の一時から二時）。そして、もし時刻の変更を忘れて、ある日、たとえば午前八時ではなく七時に来ると、地元で有名なかのヴラッド・コーチの厳しい眼差しのもと、マスターズ水泳チームが早朝練習をしているところへ出くわすことになる。水をかいて！プル！プル！プル！　そして一瞬不思議に思うかもしれない、その場に立って彼らがレーンを猛スピードで魚雷のように往復するのを、どのストロークも完璧で、タイミングは絶妙、彼らのうちの一番遅い人でさえわたしたちのなかの一番速い人（元オリンピック選手は別として）を遥かに凌いでいるのを眺めながら、今まで何年も自分はいったい何をやってきたのだろう、と。「泳いでるんだとばかり思ってた」。もしかしたら、彼らが本物のスイマーで、わたしたちは彼らの色褪せた複製にすぎないのかもしれない。でもすぐさま、すぐさまそんな考えは頭から閉め出して、重い金属製の扉から出て閉める——**間違えちゃった！**——そして静かに立ち去る。それから一時間後のいつもの午前八時の水泳に戻ってくると、彼らなどそこにいなかったかのようだ。ビート板は色別に二つに分けて、壁にくっつけてきちんと重ねられている。どのレーンも無人だ。監視員はたった今台にすわったところ。サンダルを脱ぎ捨て、静止した青い水に飛び込む。**いちばん乗り！**

ときおり、わたしたちのひとりが一、二週間姿を見せないことがあり、地上で問い合わせがなされる。メールを送信する。音声メッセージを残す。昔風に罫線の入った薄い紙に手書きで手紙を書いて、きちんと四つ折りにして玄関ドアの下から滑り込ませる。ヤッホー、何かあったの？たいていはたいしたことではない。肩の腱炎がひどくなった（「うちの犬はやたら引っ張るんだ」）。陪審員にあたってしまった。毎年恒例の全員参加による社員旅行。市外から客が来て居座っている。それとももしかしたらアリスのように、ただ単に忘れていたのかも。でもときには良くない知らせのこともある。**彼はやめちまったんだ。**ときにはスイマーが、不満を募らせていた地上の連れ合いから思いもよらない最後通告を突きつけられることもある。**わたしかプールかどっちかにして。**あるいは、ある朝目が覚めると、この二十五年で初めて、もうこれ以上一度たりともストロークしようとは思えなくなっている。**とつぜん何もかもが無意味に思えてきたんだ。**そしてそれでおしまい、ぷっつり消息を絶つ。でも去った人たち——自ら進んで、しぶしぶ、あるいは無理強いされて——皆に、わたしたちはこう言いたい。いつでも戻ってきて、元のレーンにすっと入ってくれて構わないからね、と。何も訊いたりしないから（「どこへ行ってたの？」）。来なかったことで責めたりはしないから。温かく、でも敬意をこめて挨拶して、なるべく騒がないって約束します。「また会えて嬉しい」とか、「お久しぶり」とか言ってね。だけど覚えておいて、つぎは、もう戻ってくることはできないって。

年に一度、八月の半ばに、プールはメンテナンスと修理のために十日間閉鎖され、わたしたちはなおざりにしていた地上の家族や友人たちとの絆を結び直そうと頑張る。仕事のあとで同僚たちと飲みにいく、母親に電話をかける、ブランチする、ランチする、食後は公園を長いあいだ散策する。何か月もほうってあったいろんなことを片付けようとする。運転免許を更新する、結腸内視鏡検査の予定を決める、埃を払う、モップをかける、浴室のタイルを貼り直す。わたしたちの多くは、夫婦の平和を保つために、この期間を連れ合いと地上で長い休暇を過ごすために使う。ところが家に帰ったとたん――郵便物を開くより先に、スーツケースの荷解きをするより先に、家の空気を入れ替えて時差ぼけでぼうっとした頭で部屋から部屋へと歩いてしおれた花に謝ったり枯れかけの植物に懸命に水をやったりするより先に――弾丸のように外へ飛び出していく。**ちょっと泳いでこなくっちゃ**。アリスはいつもプールが閉鎖されていることを忘れてしまい、毎日午後二時に地上の入口のドアをノックしている彼女の姿がある、でも建物は暗く、どのドアも鍵がかかっているので、世界の終わりがきたのだろうかと彼女は思う。「**すいませーん。すいませーん。すいませーん**」。

コットンパフ、結婚指輪、入れ歯の片方、歯の矯正器具二つ、四十二ドル五十八セント分の硬貨、三ユーロ（最近のビジターたち）、四ドイツマルク（ずっと以前のビジターたち）、伸縮バンド付きのパテック・フィリップの腕時計（まだ動いている）、木製ネズミ捕り器（ネズミは挟まっていない）、ゴム製の黄色いアヒル（空気が抜けている）、右のレンズ（三重焦点レンズ）にちょっとひびが入ったバッファローの角製フレームの眼鏡――これらは、長年の間にプールの底から発見された物の一部である。持ち主たちが今どこにいるのかは、わたしたちにはよくわからない。もしかしたらもうこのあたりにはおらず、異国の、言ってみればもっと上等な水域で泳いでいるのかもしれない。エーゲ海、レマン湖、モンテゴ・ベイ、パリのリッツ・ホテルの地下プール（泳ぐというよりは、頭をひょこひょこ上下したり羽づくろいしたりしている水鳥といったところ）。もしかしたらリヴィエラで日光浴しているのかもしれない。もしかしたらまだここでいっしょに泳いでいるのかもしれない、失くしたことに気づかずに。もしかしたらそれはあなたなのかもしれない。もしそうならば、身分証明書を持って階段を二階分上って、地下三階の遺失物取扱所へ行くこと。拾得物はすべてここの回収システム（倉庫の奥の大きな青いプラスチック容器）に二週間保管され、そののち、処分あるいは慈善事業に寄付されるか、またはプール管理責任者の兄弟、スチューの所有物となる。もし運よく探していたものが見つかったら、宙で拳を上下に打ち振って、「やった！」なんて叫んではいけない。遺失物取扱所の係員に「ありがとうございました」とだけ言えばいい。どうも運がなかったとわかったら、心の痛みには目をつむって、肩をすくめながら係員に静かに言おう。「まあ、ただの物だからね」。そして、間違ってもスチューを出せとは言わないことだ。

わたしたちのプールへの傾倒を、病的とは言わないまでも行き過ぎだと言う人たちがいる。きっかり六十八往復泳がないといられないなんて、大変ね。地下で過ごす時間が長すぎる、と彼らは批判する、地上での義務から気持ちが逸れたり、なおざりになったり、務めを放棄したりすることになる、不健全なのは言うまでもなく。わたしたちは、外耳炎のことや、結膜炎のことや、水中にいる細菌のことや、潜水の際に水面近くで起こる意識喪失（シャロー・ウォーター・ブラックアウト）、塩素が髪に与える回復不能なダメージのことを聞かされる。**藁みたいになるんだよ。**ほんとうに必要なのかと問われる、毎日同じ時間に同じことを、毎週毎週、毎年毎年、欠かさず続けることが？　ウォーキングしてみたら？　日光はどうなの？　ピクニックは？　鳥は？　木々は？　いったい、と友人や家族から苛立った口調で問い詰められることがある、わたしのことは？　そしてわたしたちの欠点を数え上げはじめる。そもそも孤独癖がある、秩序を渇望している、他人をすっかり排除して水中でひとりになりたいという強い欲求がある、自分の考えだけに没頭して、数えることにとりつかれて、まるでレーンを何往復泳ぐか――泳いだ距離――こそが自分の価値を示す真の基準だとでも言わんばかりであること、ずっと地上にいようとする人間を密かに軽蔑していること（「みんなソファ人間だとでも思ってるんでしょ」）、地下のプールのレーンへ行かなければその日一日まともに生きたとは言えないとわたしたちが思っていること、いつもの日課からほんの僅か逸脱するのさえ我慢ならないこと（**だけど泳げなくなるじゃないか！**）、無秩序やのびのびした自由さ、じつのところ生活そのものに反感を持っていることを。**面白くない人だね。**もっとリラックスしなさい、とわたしたちは言われる。一日抜かしてみれば。二日抜かしてみれば。六十八往復じゃなく六十七往復にしてみれば。それとも、この先一生巨大なコンクリートの箱のなかで行ったり来たり泳いでいたいの？

答えはもちろん、イエスだ。なんといってもわたしたちにとって泳ぐことは気晴らし以上のもの、情熱であり、慰めであり、わたしたちにぴったりの嗜癖（しへき）、ほかの何よりも楽しみにしているものなのだ。**ほんとうに生きてるって思えるのは、泳いでいるときだけ。**泳いでいるとちゃんと集中していられる、老化が遅くなる、血圧が下がる、体力がつく、記憶力が良くなる、肺活量が増える、人生そのものの全体的な見通しが上向く。実際、プールがなかったらたぶん皆死んでしまうだろう。だから、とやかく言う人たちに——そして「単なるエンドルフィン」の作用だよ、なんて言う人たち全員に——わたしたちは言う、一日でいいからゲストで来てやってみれば。タオルを持って、水着を着て帽子をかぶって、地下プールの端まで歩いていく。そしてゴーグルを調整して、両腕を前に伸ばして、手と手を重ねて、親指を絡め、顎を胸にくっつけ、それから有頂天で飛び込む。まあ見ていなさい。いったん水に入ったら、もう二度と出たくなくなるから。

もちろんわたしたちは、ずっとここにいるわけにいかないことはわかっている。配偶者が病気になり、二十四時間介護が必要となる。**彼女のそばを離れるわけにはいかないんだ。**仕事を失う。住宅ローンが払えなくなる。薬が効かなくなる。T細胞の数値が急激に下がる。アリバイがほころびる。飛行機が墜落する。生検の結果がまた陽性になる。レントゲン写真にまえにはなかった影がある。浴槽から出ようとして滑らないマットで滑り、左膝が砕ける。簡単な美容目的の処置のために病院へ行き、そのまま出てこない。ほくろは無視。煙探知器の電池を交換するのを忘れる。通りを横断するときに左右を確かめるのを——**このとき一度だけ**——忘れる。ある日目覚めると自分の名前も思い出せない（名前はアリス）。でもそういう日が来るまでは、レーンの底のあの黒い線にひたと目を向けたまま、やらねばならないことをやる。泳ぎ続けるのだ。安定した速度でのんびりと。**急ぐ必要はないもの。**フォームは申し分ない。気持ちは落ち着いている。また水を得た魚に戻ったのだ。**あともう一往復だけ、**と自分に言い聞かせる、**それでお終い。**

ひび

さいしょはかろうじて見えるくらいの、第四レーンの深いほうの端にある排水口のちょっと南側のかすかな黒っぽい線でしかない。泳いでいてその上へ来るとぱっと目に飛び込んできて、そして視野から過ぎ去るとたちまち忘れてしまう、目が覚めたとたんに消えてしまう夢のように。瞬きしたり、息継ぎのために水面に顔を出そうとして、それともただ単に隣のレーンを泳ぐ人の見事な体形を観賞しようとして顔を上の明るいほうへ向けていたら、見逃してしまう。わたしたちの多くはそろそろ年で、もう視力が衰えていて、眼鏡なしでは盲同然、あのひびもぜんぜん見えない。あるいは見えたとしても、なにかほかのものだと思ってしまう。紐とか、ワイヤとか、自分のゴーグルのレンズの外側にひっかき傷ができているんだとか。わたしたちのひとりは、たいていいなんについてもそう思ってしまうのだけれど、自分自身に原因があると勘違いする。「目にゴミがはいったんだと思ってた!」と彼女は言う。そして、ほとんどの時間——人生のほとんど、と思えることもしばしばだ——プールの浅いほうの側でひょこひょこもたもたしている泳ぐのが遅いわたしたちにとって、問題のひびはただの噂、遠いレーンのニュースでしかなく、気に掛けることはない。

ところが、ひとりは、あのひびを見るや水から上がり、何も言わずに出ていく。「歯医者の予約だな」と誰かが言う。ほかの誰かが、「気味が悪くなったんだ」と言う。どういう理由で突然出て行ったにせよ、彼はそれっきりとなる。

何日かのあいだ、わたしたちはひびをこわごわ見ながら、何かが起こるのを待ち構える。もっと幅が広がるとか、色が濃くなるとか、様子や形が変わるとか、ウィルスのように自己複製を行って第七レーンや第八レーンにも現れるとか。でもひびは頑としてひっそりと、言いようがないほどそれ自体のままだ。プールの底にある、子どもの前腕くらいの長さしかない、髪の毛のように細い割れ目だ。

何人かはひびの上を泳ぐと縁起が悪いと考え、何としてでも第四レーンを避けようとしはじめる。「ちょっと練習しようかな」と言って、それからビート板を取ってさりげなくぶらぶら第一レーンか第二レーンのほうへ行ってしまうのだ。隣の第三と第五レーンにいるわたしたちはひびに興味津々、機会さえあればすかさずこっそり横目で見てみる。なかのひとり、地上ではもぐりのイベントプランナーをやっている、真面目にきびきび泳ぐ女性は、あのひびは無視することにした、と宣言する――「あんなものに負けてたまるもんですか」――とはいえ、ひびの上を泳ぐときはいつも、実際には自分の意志に反して見つめてしまう。「とにかく見ないではいられないの」。べつのひとりの男性は、このまえひびの上を泳いだら、微かに、でもしつこく下へ引っ張られるのを感じた、と断言する――「バミューダ・トライアングルの上を飛んでるみたいな感じだったな」――一方で、ほとんど気にしない人たちもいる。アリスは水から上がったとたんにひびのことは忘れてしまい、更衣室で誰かからひびのことを言われるといつも、どうかしてるんじゃないのと言わんばかりの顔を相手に向ける。「ひび？」とアリスは言う。「ひびなんてないわよ」。

とはいえ、わたしたちのなかには不安を抑えられない人もいる。もしかしてあのひびが根の深い全体的な劣化の徴候だったら？　あるいは、地質学的な異常とか？　それとも、長年にわたって足下でひそかに拡大していたより大きな地下の断層線の現れだったり？　冷笑する人たちもいる。あのひびは、とそういう人たちは言う、完全に表面的なものだ。アリスの髪から落ちたはねっかえりのヘアピンでついた錆びのあととか。**彼女、水泳帽をかぶらなくちゃならないのをいつも覚えているとはかぎらないからね。**それとももしかしたら、と誰かが言う、偽物かも。それか、芸術作品とか。それとも両方。だまし絵（トロンプ・ルイユ）の傑作だ。**直定規と極細油性マーカーさえあればいい。**もうひとりは、あのひびはひびなんかではなく傷で、しまいにくっついて治って、うっすら跡が残るだけになるのではないか、と言う。とはいえさしあたっては、ひびはああしていなくてはならない。「ちょっと時間をやるんだな」とわたしたちは言われる。

しまいに、ひび問題にきっぱり片をつけるために監視員が呼ばれる。黒い靴紐を首に結わえて銀色の笛を下げている彼は、澄んだ青い水をじっと覗きこみ、そして首を振る。「なんでもないですよ」と言う。

それでもなお、わたしたちの多くは不安なままだ。なんといっても、じつのところあれがなんなのかはわからないのだから。あるいは、あれが何を意味するのか。というか、そもそも意味があるのかどうか。もしかしたらあのひびはただのひびで、それ以上でも以下でもないのかもしれない。**補修材パテがちょっとあればそれで問題解決なんじゃないかな**。それとも、亀裂かもしれない。割れ目かも。マリアナ海溝のミニチュア版かも。この世界という布にできた小さな裂け目で、どれだけの善意をもってしても修復はできない。もちろん、誰も飛び込んで触ってみようとはしない。「怖い」と誰かが言う。「気持ち悪くなりそう」と誰かが。「あんなの見なきゃよかった。これで何もかもが変わっちゃう」と誰かが。皆疑問を抱いている。あのひびは短期間のものなのか、ずっとあるのか？ ありふれたものなのか、深い意味のあるものなのか？ 悪なのか善なのか、それとも——と第二レーンの道徳家ジェイムズ——道義的に中立？ いったいどこから生じたのだろう？ 深さはどのくらい？ なかになにかあるのだろうか？ 誰のせいなのだ？ 元に戻すことはできるのだろうか？ そして何よりもまず、**どうしてわたしたちなのだ？**

「調査中です」とプール管理責任者は告げる。ただひとつ彼に断言できるのは、ひびから水漏れはしていないということだ。水圧は安定している。プールの水位は落ちていない。周囲の地面に漏出は一切見られないし、基礎部分にはなんの問題もないままだ。近々調査官たちが現場にやってきて、ひびを診断し、原因をつきとめるので、状況がわかってきたら新しい情報をお伝えできる。「ままあることなんです」とわたしたちは聞かされる。あのひびは十中八九最近の温暖化傾向によってもたらされた一時的な現象で、夏が終わるころにはおさまってますよ、とプールの職員たちは予言する。

わたしたちのなかの誰が最初にひびを見つけたのかということについて――この問題については熱い議論が交わされてきた。第五レーンの元ドラッグの売人、ヴィンセントに違いない、と言う人もいる、周囲への油断のない目配りがほかの皆とはぜんぜん違うのだ。**彼って、街の一画をチェックするようにプールの底をチェックしてるみたいなところがあるからね**。でもヴィンセントは、水に入ったとたん「そういうのはぜんぶスイッチを切る」のだと断言する。目に入るのは自分のレーンの中央に伸びるあの細い黒のラインだけ。ほかには何も見ていない。理屈から言えば、アリスではなかろうかと言う人たちもいる、何に気づいても初めて見たと言わんばかりなのだ（「頭にタオルがのっかってるよ！」と更衣室で声をかけてきたりする）、それからたちまち忘れてしまう。とはいえ、わたしたちは訝しむ。見たばかりのものがなんだったのか忘れてしまっても、見たと言えるのだろうか？　それでもなお、なんといっても問題なのは誰がひびを最初に見たのかではなく、ひびが発見されたということなのだ、と言う人たちもいる。もしかしたらひびはずっとそこにあって、わたしたちが気づくのを待っていただけなのかもしれない。

地上では、わたしたちはいつものように毎日を送る――錠剤を数え、ミーティングに出かけ、買い物し、食事し、同僚を宥め（**あなたが言っているのはつまり……**）、手順に従い、画面に目を凝らす――でも、すべてがどうもしっくりこない。**いつもあのことを考えてしまう。**わたしたちのなかの、問題のひびにはなんの影響も受けていないと主張する人たちでさえ、何かおかしいという感覚にしつこく付きまとわれることがあるのに、それが何なのか思い出せない。ファイルをバックアップするのを忘れた？　住宅ローンのレートを固定にするのを？　コンロを消すのを？　両手、両腕、顔のさらされている部分にきちんと二時間おきに日焼け止めをたっぷり塗るのを？　あるいは、連れ合いとしゃべっていて、相手の口が動いているのを眺めながら、とつぜん途方もなく遠くにいるような気分になる。「どうかしたの？」と相手は言う。それとも、「ねえ君？」とか。「もしもし、アリスさん！」とか。するとぱっと視野に浮かぶものがある――揺らぐかすかな線――そして一瞬わたしたちは今日が何曜日だったか、自分が誰と、なぜしゃべっているのかまるでわからなくなってしまう、それから首を振ると、現れるのと同じくらいあっという間に、浮かんだものは流れ去り――**なくなっちゃった**――日常に引き戻される。「さあ」とわたしたちは返事する。それとか「どうかしてることだらけ」。あるいは、「わたし、おかしくなってきてるみたい」。

わたしたちの何人かは、あのひびはどうやら自分たちのせいなのかもしれないと気に病んでいる。ひびを恥ずかしく思っているのだ、自ら招いた魂の汚点、瑕疵(かし)、消しようのない傷、道徳的な穢れであるかのように。「子どもたちをプールから排除すべきじゃなかった」と言う人がいる。「あの、まえの監視員に、もっと親切にしてあげればよかった」と言う人もいる。「罰が当たったんだ」と言う人もいる、「おととしの夏にシンクロナイズド・スイマーたちを追い出す運動をみんなでこっそりやったりしたから」（あの人たちはそうされて当然だったのだと言う人もいるけれど。「目立ちたがりの集団だよね」）。「それに、あんなに管理側を非難すべきだったんだろうか」と言う人も、「細かい問題をいちいち取り上げてさ？」。「あんなに大騒ぎしたりしてね」とほかの人が言う、「このまえの年会費の値上げのことだって？」。「だからこんなことになるんだ」と誰かが言う、「文句、文句、文句ばっかり」。「それにメンテナンスを先送りしたしね」とべつの誰かが言う、「ここ四年のあいだの三年は」。「わたしの望みは……」とアリスが言いかけて、そのあと声が小さくなる。「ああ、わたしの望みなんてどうでもいいの」。ほかの誰かが言う。「そこらへんじゅう不吉な雰囲気だな」。

ひびが最初に現れてから十日後、調査官たちは「依然としていったいなんなのかわからない」と言っている。似たような説明のつかないひびはアメリカじゅうの他のプールでも、そして日本（東京のホテル・オークラ室内プール第三レーン：上品なひび）とかドバイ（バブ・アル・シャムス・デザート・リゾート・アンド・スパ、インフィニティ・プール「ジャグジー・スポット」：五つ星のひび）とかフランス（パリ、ピシン・ポントワーズ、梯子の下の壁と底の継ぎ目：フランス風のひび（フィシャー・フランセーズ））といった遠い国々でさえも報告されているのだが、わたしたちのものとまったくそっくりというのはひとつもない。「これは前例のないものです」と街の向こう側にある技術系専門学校の構造工学教授ブレンダン・パテルは言う。米国地質調査所の科学者クリスティン・ウィルコックスは、問題のひびは地区の地震計が検知しないほどの弱い地下の常時微動によって生じたものかもしれない、過去三十日間、地震計ではこの地域に異常な地面の活動はまったく示されていないんですが、と言う。でもそれからまた付け加える、そうではないかもしれません、と。とはいえわたしたちは、あのひびが健康や福祉にすぐさま脅威をもたらすことはまったくないし、水も安全だから安心してくださいと言われる。「ですが、この問題の原因が突き止められるか否かは」とアクアティック・タスクフォース・アドヴァイザーのキャロル・ルクレールは言う、「まだわかりません」。

長年にわたる午前の常連だったエレノアがひっそりとロッカーを空にすると、もう戻ってこないつもりだと言う。「ヨガのクラスに申し込もうと思うの」と彼女は告げる。水中ジョギングをやっているマイケルが、自分もプールを離れると宣言する、「専門家たちがこの件を解明するまでね」。そして続く三日間、アリスはいつもの陽気な彼女ではない。「マイクはどこ？」と繰り返し訊ねる。でも、あとは皆、元気に、果敢に泳ぎ続ける。とはいえ気にはなる。マイクとエレノアにはわかっていることがあるのだろうか、往復数を数えるわたしたち、ひたすらレーンを泳ぐわたしたち、頑として日光と新鮮な空気を退けるわたしたち（**そんなもん、必要ないでしょ？**）にはわかっていないことが？

あのひびについて、これまでのところわかっているのは次のとおり。水栓の不具合のせいではないし（ABCプール&スパの認定プール検査官であるテッド・ヒューバー「水栓は問題ない」）、近くの建築現場で行われている違法な時間外掘削のせいでもない（インテグリティー建設のプロジェクト・マネージャー、アル・ドメニコ「我々のせいではない」）。けっして災厄ではないし（プールの広報担当者イザベル・グラボウ「これはけっして災厄ではありません」）、捏造されたものでもない（安全性リスク担当官ラリー・フルマー「これは本物です、皆さん」）、とはいえ、ほんのちょっぴりの可能性はある（構造物研究所の数学者エジソン・イー「わたしたちが話しているのはどう見ても統計的に有意とは言い難いことなのですが」）、間違いだったという。**おっと、プールを間違えた。**ひびは基本的におとなしい性質のようで、見たところ悪意は抱いていないようだが、その真の意図はさっぱりわからないままだ。調査官たちは引き続き、考えられる限りのあらゆる自然的あるいは人為的原因を調査する予定で、とりあえずプール当局は、ほんのわずかでも説得力のある説明が直ちにできるならどんな専門家でも招くつもりでいる。

ひとり、またひとりと、わたしたちはプール管理責任者のオフィスのドアに設けられたご意見箱に自分の意見を滑り込ませる。第三レーンのジョナサン「表面的なひっかき傷では」。水中ウォーキングをやっているフランチェスカ「突発的な原因によるものでは」。第四レーンの二重関節の膝を持つ勘当されたカジノの女相続人「スティグマ?」。元高校の水泳コーチで州代表水泳選手だったパスター・アイリーン「あの黒く塗られた線のひ弱な親戚では」。ジョージ一「侮辱だ」。ジョージ二「ジョークだよ」。ジョージ三「警鐘だ、トップクラスの」。第六レーンの臍ピアスして陰陽のタトゥーを入れてる新入り「俺たちだけのサンアンドレアス断層だ」。第五レーンで熱心に泳いでいる医療請求査定員ジェラルディン「わたしたちの問題ではありません。以前から存在していたもので、わたしたちが見ているあいだに生じたわけではないです」。我らがお抱え天変地異説論者でこの上なく優雅に背泳で泳ぐマーヴ「この地上における我々の時間が尽きるという天からのお告げです」。わたしたちのなかで最後にこの輪に加わるのは退職した巡回裁判所判事のエリザベスで、いちばん新しい未払い駐車違反切符の裏に二語走り書きしてプール管理責任者の箱に落とし込む。**内部の犯行。**

地上コミュニティからのひび発生の説明には次のようなものがある。土壌移動の状況、不良品の中国製コンクリート、陥没の前兆、注目を求める必死の嘆願、神の行為、地質の深いところの何か、そして——地元の星占い師サハラいわく——「とりわけ悪い影響を及ぼす滅多にない不運な星の並び方」。天文学教授のネイト・ジマーマンはすぐさまサハラの「星の並び方とかいうもの」を「まったくもってバカげた話」であると非難する。「ここには科学はないのか?」と問いかける。それに、地球膨張説も(「この地球が縫い目のところではちきれそうになっているってことについてこれ以上の証拠が要るか?」とエース工具店のオーナー、ボブ・エスポジートは問いかける)、宇宙のジョーク説も(ハハハハハハハハハハ)、陰謀論も(ロータリークラブ会計リック・ハロラン「サウジの連中がやったんだ」)、それに高速道路を通行する大型車両の振動説(または「大きなトラック(ビッグ・リグ)」あるいは「ガタガタしすぎ」説)。しかしながら、こうした憶測はどれも、説得力はあっても決定的とはなっていない。「わたしたちはここで、藁にもすがろうとしているんです」と環境衛生並びに水質管理者テリーサ・ボイドは言う。

なかでもいちばん頭にくるものと言えば、たぶん、少数だが声高なグループである地上の泳がない人たち(ノンスイマー)(ひび否定派たち)が唱える集団心因性疾患説だろう、一度も地下のプールまで来たことがないくせに、あのひびは単なる「妄想による」というか「自分で作り上げた」現象——共有精神病(フォリアドゥ)——にすぎないと断じ、わたしたちが皆ちょっと気を取り直して、ひびのことを夜も昼も絶え間なく考えるのをやめたら、造作なく消えるだろうと言うのだ。しかしながらこの説の問題点は、一度ひびを目にすると、あるいは目にしたと思うと、ひびはひっそりと知らないうちに心の奥底に居ついてしまうということだ。そしてひびの上を泳ぐたびに、というか、口の端にのぼるのを間接的に耳にしてさえ(「あれは伝染するって誰かが言ってなかった?」)、脳の神経経路にいっそう深く刻み込まれる。やがて、気が付くと、ひびは常にともにあるのだ。「朝目が覚めるとまっさきに考えるのはひびのことなの」と誰かが言う、「そして夜寝るまえに最後に考えるのもね」。ほかの誰かが言う、「じつのところ、取り憑かれてる」。「知りたいのは」と誰かが言う、「あのひびの奥から、もしあるとしたら一体何が出てくるんだろうってこと」。

とはいえわたしたちは、最新の調査結果にほっとする、うちのプールのようなひび——裸眼でかろうじて見えるくらいかすかで頼りなく、いわば、おずおずした——は、侵攻性というよりはむしろ不活性な性質で、氷河のようなゆっくりしたペースで広がると思われるというものだ。「こういうやつは何年ものあいだまったくなんの変化もないままでいることもある」と認定企業である地盤工学会社マルバニー&フライドの主任技師ヘンリー・マルバニーは言う。一方で「本物の」ひびは、たとえ数時間でもほうっておいたら、たちまち広がって一夜にしてプール全体を駄目にすることもあり得るのだ。「うちでは、そういうのをしょっちゅう見ているんです」。彼の最終的判断。うちのひびは、本物のひびというよりはひびの前段階である。「何も心配することはありません」と聞かされる。でも、独立調査官で、法科学的分析の失敗に関する専門家であるアナスタシア・ヘーアト教授は、「人をいい気分にさせる」のがうまいヘンリー・マルバニーの判断をあまりまともに受け取らないほうがいいと釘を刺す。「ヘンリーはただあなたたちが聞きたがっていることを言ってるだけ」とヘーアト教授は言う。教授のアドバイスは?「泳げるあいだに泳いでおきなさい」。

「どうも嫌なんだな」と、あのいつもは怖いもの知らずの第四レーンのゲーリーが言う。第七レーンのシーラも、最近では水に飛び込むと「いつ上がれるかしら?」としか考えられなくて、と相槌を打つ。横泳ぎのデニスが、俺ならこの巨体をまたひょいとプールサイドに持ち上げたら――一、二、三――上がれるけどな、と言う。「いいかげんにしてくれ」。第三レーンのウォルターは、じつは水泳は好きじゃなかったんだと打ち明ける、「そこまではね」――わたしたちには初耳だ(「医者にやれと言われたんだ」と彼は説明する)――そして、「もし戻ってくるとしても」当分は戻ってこないつもりだと。(「あの人、泳がない言い訳を探していただけよ」とレーン仲間のヴィヴィアン)。第六レーンのルスは、こんなことを言うのはすごく嫌なんだけど――「なんだか裏切りみたいで」――べつのプールへ行ってみようかと思ってるの、と言う。アリスが言う、「だけど、べつのプールなんてないじゃない」。ソールが言う、「確かに、確かに」。午後の常連ランダル(金のチェーン、プルブイ(下半身を浮かせるために脚に挟む練習用具)、モンドリアン柄の水着)が男性用更衣室で話を小耳に挟み、「こういうプールのごたごたはもううんざりだ」と言い、翌日、彼もまた去っていく。でもほかの皆は断固泳ぎ続ける。

それ以上何も起こらないまま――新しいひびは現れず、すでにあるひび、「わたしたちの」ひびは、一インチたりとも変化を見せない――日が経ち、わたしたちの気持ちは明るくなりはじめ、不安は次第に消えていく。あのひびは結局のところそれほど悪いものじゃないのかもしれないと思えてくる。**線だと思えば、べつに怖くないものね。**何人かは、当初の怖がりようを恥ずかしく思いながら、今や機会さえあれば果敢にひびの上を泳ぐ。第四レーンを避けていた人たちがきまり悪そうに戻ってくる。大混乱と暗黒——**これは終わりの始まりだ**——を予言していたかつてのこの世の終わり論者たちは、過剰反応だったかもしれない、それどころか——よくあることだが——明らかに間違っていたのかもしれない、と認める。そして、以前はプールへ来るたびに用心深くひびを確かめていたわたしたちは、もはや泳ぐまえとあとの「チェック」の儀式を行ったりはしない。**忘れてた！**　何週間ぶりかで、落ち着いた気分だ。

「なんでも慣れるものだ」とわたしたちは自分に言い聞かせる。「起きることにはすべて意味がある」とも。そして——第三レーンのユダヤ教の宗教指導者(ラビ)、アブラムシクは——「これは災難の長い連鎖のなかの小さな不運にすぎない」。第四レーンのミセス・フォンはただ肩をすくめて「もっとひどいことだって経験してきたから」と言う。わたしたちの数人——陽気で、どこまでも物事の明るい面を見る人たち——は、思いもかけずとつぜんにひびが侵入してきたことを心底嬉しく思っていると明言する、この決まりきっていた地下の世界に。**ストローク、ストローク、ブレス、ストローク、ストローク、ブレス。**「わかるわけないじゃない？」と第七レーンの前向き思考のグレンが言う。「わたしたちにとっていいことなのかも、教訓を与えてくれるのかも」。わたしたちはひびのおかげで元気になって浮き浮きした気分、選ばれて特別な運命を与えられたような気さえする。「だって、誰にでも起こることじゃないでしょ」と誰かが言う。「確かに驚きの要素をもたらしてくれるよね」とほかの人が言う。アリスが言う、「ほんと、驚きだわ」。誰かが言う、「これまでずっと待ってたことみたいな気がする」。

とはいえ、気分が暗くなっていると、つい思ってしまう。**あれは災難と偽った恩寵なのだろうか、それとも単なる偽り？**　そして、単なる偽りだとしたら、何を偽っているんだろう？

もちろん、さまざまな説がある。ひびはプール閉鎖の口実とするために管理側が意図的に仕掛けたものだ、と言う人もいる。**すべて計画の一環だよ。**そして監視員も、とその人たちは主張する、「ぐる」だ。**だから話すことには気を付けた方がいい。**ひびは、わたしたちの世界のすぐ下にあるもっと深い第二の世界へと繋がっていると聞いた人たちもいる。べつの、おそらくはもっと本物の世界で、そこにも地下のプールがあって、もっと速く泳げるもっと魅力的な、水着がそれほどぱっつんぱっつんになっていない人たちが、フリップターンを毎回きれいにきめている。「水泳の達人って感じ、とにかくすごいんだ」と誰かが言う。「それに感じがいいし」とほかの誰かが言う。もう一人が言う、「理想のわたしたちなの！」。そしてまた、限りなく深い割れ目の話や、長らく埋没していた化学廃棄物処理場の話、崩壊した岩塩坑の話、一万年以上なんの妨げもなく流れている地下の川の話（「目のない魚がいるんだ」）、そしてあまりに大きいのでちょっと思い描こうものなら心が内部崩壊してしまうほど広大で生気の感じられない虚空の話も。**わたしたち、虚無の上で泳いできたようなものね。**

夏の半ばごろにはひびの物珍しさは色褪せてきて、皆の関心は次第にほかのものへと向かう。更衣室の新しい省エネ型シャワーヘッドの設置、アネット副学長のスウェーディッシュ・ゴーグルがなくなった件（いまだ未解決のまま）、第三レーンで痴漢行為があったらしいこと（痴漢だとされる人物は警備員によってきっかり五分でつまみだされた）、第七レーンにおける殴り合いの喧嘩（「あいつ、俺に追い越させてくれなかったんだ！」）、アンジェリータのサイケデリックな虹の渦柄の新しい水着、一九六九年ごろのヴィンテージ物だ（プール全体の多数意見。**やったね！**）、地上の焼け焦げるような熱波――貯水池は水位が低下し、庭は干上がり、小さな犬たちはあえいでいる――は和らぐ兆しがまったくない。わたしたちはひびのことなんか改めて考えられないような日もある、とはいえ、この乾ききった土地におけるわたしたちの夜型生活のなかに、相変わらずひょっこり浮上してはくるのだけれど。**昨日の夜、目に破片が入った夢を見たの。**でもたいていは、ひびは単に奥のほうに存在するだけだ、かすかだけれど消せない、世界の端にあるごくうっすらしたものだ。じつのところ、わたしたちはひびにすっかり慣れて、しばらくするとまるで目に入らなくなってしまう。

だからある日、しばらく目を向けなかったあいだにひびが消えているのに気付いたとき、わたしたちは自分に問いかけないではいられない。あまりに気にしなくなっていたのだろうか？　あまりに当たり前に思いすぎていた？　そもそも本当にあったのだろうか？（もしかしたら本当にわたしたちの思い込みにすぎなかった？）「今朝は確かに見えたはずなんだけど」と第四レーンで熱心に泳いでいるレオナードは言う。そして、わたしたちの多くはこうしてひびがなくなってほっとしている――「どうも神経に触るようになってきて」と横泳ぎのシャノン――にもかかわらず、何人かは早くもひびが恋しくなりはじめ、いい頃合いに復活してくれないものかと密かに願っている。ひびがないとなんとも惨めな気がするのだ、あたかも自分の一部が死んでしまったかのような。「仕事のまえに毎朝あれを見るとすごく気分が良かったのよね」と誰かが言う。べつの誰かは「あの上を泳ぐたびに、静かな興奮を感じていたんだ」と言う。アリスはいつもどおり泳いでいるけれど、プールから上がるときに水泳後にいつも見せる満足した表情にならない。「なんだか変なの」と彼女は言う。そして遅い人用の第一レーンと第二レーンで泳ぐ、ひびのほうへふらふら近づいてはしげしげ眺めようとしてばかりいたわたしたちは、今や自分たちのいいかげんな態度を後悔する。「ずっとあそこにあると思っていたのに」と誰かが言う。べつの誰かが「こうなると怖い」と言う。

皆の大半にとっての大きな疑問は、ひびはどうなってしまったのか？　冬眠に入った？　小康状態？　あるいはちょっとひと休みしたくなっただけ？　わたしたちが言ったことのせい？（「この件は過大評価されすぎだ」「まったくの時間の無駄だね」「あの話ばっかりじゃないの」）それとも、わたしたちの仕打ちのせい？（「とにかくひびは無視して、なくなるかどうか見てみようじゃないか」）それとももしかして――唐突に――自然に退いていった？　同じレーンに再び現れる確率はどのくらいなのだろう？　五分五分？　三分の二？　ナダ？　ニヒツ？　ジルチ？（いずれもまったくないの意）ひびは相変わらずここにあるけれど、ただ何か独特の変化が生じて人間の目ではいくら視力がよくても見えなくなっている、などということがあり得るだろうか？　それとも、いまでも表面のすぐ下に潜伏工作員のごとく潜んでちょっとひと休みしていて、また復活して猛烈な勢いで活気を取り戻すとか？　あるいは、単にわたしたちにうんざりして、ほかの、もっと良い、より好ましい水域へ移動しようと決めたとか？　もしかして、ウェリヴァー家の裏庭の底が黒いプール（プールサイドのバー付き）へ？　それとも、ショッピングモールのアジア・フードコートの二階まで吹き抜けになった部分にある噴水か（たくさんの**一セント銅貨！**）。あるいは、さらにひどいことに、ひびはひびでいることに疲れてしまった？　「**自殺**」と誰かが言う。ほかの誰かが「抹消」と言う。

つぎの日の朝、消えたときと同様突然に、ひびはまた現れ、驚いたことに、皆の多くが安堵の溜息をつく。**あれがないと毎日の生活が同じじゃなかった。**アシスタント・プールマネージャーのモーリーン・エンゲルによると、ひびは仮処置として試験的に「ウェット・パッチ（防水セメントの商品名）」で「覆われ」、それは日曜の夜遅くに技術者たちが表面に塗布したのだが、当初はしっかりくっついてうまくいきそうだったのに——「とても順調に見えてたんです」——くっつかなくなったということだ。**粘着力がなくなったんです。**そして、皆の多くは元のひびが戻ってきたのを喜んではいるものの、何かが違うように思える。**なんかちょっと変。**何人かは、ひびは、ごくわずかではあるが南の端のほうが広がっていると確信を持ち、一方で、そうじゃなく狭まっていると、同じくらいの確信を持つ人もいる。**まるでひびがウィンクしているみたい。**まえよりも「滑らかに」なった気がすると言う人たちもいる。あるいは弱々しくなったと。あるいはちょっと疲れた感じだと。**なんか勢いがなくなった。**ほんのちょっと大きくなったと言う人たちもいる。ひとりは、輪郭に不審な変化——正弦のようなカーヴがちょっと——がみられると言う、西の側面に沿って。**年取ったんじゃないかな。**もうひとりは、ひびは北に移動していると断言する、四分の一インチくらい、まるでこれまでずっとひたすら排水口へ近づきたいと願っていたとでも言わんばかりに。べつの誰かが、もしかしたら実際に排水管を下ってみたものの、目にしたもの（**毛がどっさり！**）が気に入らなくて、Uターンしてそのまま戻ってきたんじゃないかと言う。そして数人は、まえのと同じひびではないのかも、と疑う、邪悪でアナーキーな分身（ドッペルゲンガー）——ひびのなりすまし——で、わたしたち全員をプラスチックの足ひれと破滅が渦巻くなかへ引きずり込むべく代わりに戻ってきたのではなかろうか、と。**すぐさまこいつを止めなくては。**

　プール管理責任者は、「十分休憩して」落ち着かないと、みんな「憶測の不協和音」のなかでわけがわからなくなってしまう、と言う。ひびには、と彼は説明する、いかなる有意な変化も増大もなく、わたしたちが外見上の変化に気づいたとしてもそれはもっぱら各々の認知機能の些細な誤りに起因するものである、と。**なんであれ長いあいだじっと見つめていると、そこにはないものが見えてくるでしょう。**ところが、二番目の「妹」あるいは「クローン」ひび——同じ長さ、同じ幅、同じ色合いと様相——が二日後、第五レーンの底に現れると、わたしたちは思わずにはいられない、これはただの害のない局部的な反復——模倣者ひび——にすぎないのだろうか、それとも、もっとずっと悪いことの始まりなのだろうか、と。「これはもう片方の靴だわ（ダメ押し、続いて起こるはずのこと、の意）！」と第七レーンのヴィッキーが言う。アリスは「ええ？」と問い返す。そして昼食のすぐあと、あたらしいひびが突然ひとりでに進みはじめ、レーンを下っていって、壁からほんの数インチのところで急ブレーキをかけて止まると（「接触阻止」だとのちに聞かされる）、なかでもいちばん無頓着な人——冷静沈着なスティーヴ——でさえ、「これはまずいな」と認めざるを得ない。そしてつぎの日の夕方、さらに二つの小さなひびが第五レーンと第六レーンの境目に潜伏しているのが見つかると——多重ひびだろうか、とわたしたちは自問する、それともひびその一の模造品？——このプールは「ひびクラスター」の巣なのではないかという気がしてくる。「というか、すくなくとも」と水中ウォーカーのメグが言う、「並外れて多い出現か」。リチャードは言う、「これは急激な大発生だな」。ダナは言う、「災いだわ」。「今このとき思い浮かぶ唯一の言葉は」と第三レーンの平泳ぎのマークは言う、「『お助けを』だ」。

何かすべきではないのだろうか？　とわたしたちは思う。手を叩く？　足を踏み鳴らす？　蠟燭を灯す？　署名活動をする？　市長に電話する？　警察署長に？　緊急事態対応責任者自身に？　**もしもし、フロイド？**　というか、わたしたちどんどん不利になるんじゃないかしら、ぐずぐずしているうちに？　と第二レーンの弁理士リアンがおずおずと問いかける、「ほら、ああいう人たちって、ぜったい電話には出ないでしょ」。「ひょっとして当局がデータを偽っているということはないのかな？」と横泳ぎのシドニーが訊ねる。「それにあの『専門家』たち」と新入りのアレックスが口を出す、「そもそも彼らはほんとうに存在するのか？」（「さらに言えば、」と形而上学者のグエンが問いかける「我々は？」）。「確かに変よね」と第四レーンの自由形のスンハが言う、「あの技師たち、夜しか仕事しないのって」。アリスが言う、「みんなとにかく、楽しく過ごすようにしましょうよ」。

ひとつのプールに四つのひびは、と調査官たちは告げる、「クラスターというよりはスプロール現象です」「極めて平凡なものです」「疑念を抱くほどのものではありません」「統計的には異常だが、確率的に起こり得る範囲内のものです」。**まったくの偶然。**ところが、翌週さらに三つのひびが、第六レーンと第七レーンの真ん中に立て続けに現れると、著名な応力解析者である構造物危機対策課のデニス・コバッツ博士は「何かが起こっているのかもしれない」と認める。そして、さいしょの「縦のひび」が、ある午後遅く、プールが閉まる直前に第二レーンの浅いほうの端の壁の底近くに発見される頃には、調査官たちは、このクラスターが純然たる偶発的な出来事であるという確率は六百三十万分の一以下だ、と言っている。じつのところ、ひびがここに出現しているのは「意図的」だと確信している、と彼らは言う。とはいっても、対処はできます、と主張する。「我々はこのひびを二十四時間監視しています」。水漏れは一切検知されていないし、構造的欠陥は見つかっていないし、さしあたって早急に何かする必要はない。「我々は事態を掌握しています」。

翌日、どのレーンもいつもよりがらんとしていて、シャワーからはあまり湯気がたっていないし、更衣室はそれほど騒々しくない。「不安だとは言いたくないけどね」と三十年通っている古株のティムが言う、「でもいつも軽度のパニック状態なんだ」。第六レーンのシャーロットが言う、「この地球はひどくおかしくなっている」。いつもはうろたえることのない背泳のフェリスが、今週は余分にミサに与かろうかと考えている、と言う、「念のためにね」。「念のためって、なんの？」とアリスが訊ねる。横泳ぎのオードリーは、プールの管理側に近い信頼できる情報源、毎時とはいかないまでも毎日状況を聞ける人（プール管理責任者の妻の親友、パム）からオフレコで聞いたんだけど、クラスターは実際には「管理側が言っているよりもずっと悪い」状況なのだ、と語る。**プールはいつ崩壊してもおかしくないの。**ほかのひとりが、慎重を期して名前は明かしたくないのだが（「彼女のことはXとしておこう」）、同じくらい信頼できる情報源から聞いた話として、クラスターはわたしたちそれぞれを怖がらせたり喜ばせたりするために人為的に「仕組まれた」のだと言う。「テストだよ」と彼。さらにこんなことが囁かれる、許可の際の手抜かり、補修のしくじり、でっちあげられた検査証明書、出頭命令の無視、寝ぼけた検査官、カフェイン過剰摂取気味の水文学者たち、低賃金の会計検査官たち、塩素学会の身なりのいいロビイスト（「チェリー」）の些か友好的すぎる来訪、そして高いところのどこかの、ここの何層も上にある小さな風通しの悪い部屋で、三人の酔っぱらった統計の専門家たちが夜遅くまで果てしなく数字を提示している。**上限は……五にしよう！**

一か月のあいだ、問題のクラスターは広がりもしなければ縮まりもせず、そのまま害も及ぼさずに典型的な「待機状態」のままで、地質地球物理学研究所の環境劣化問題チーフエキスパート、シンシア・グリーリーは、驚くほど長く続くこともあり得ると予測する。「慌ててどうこうする必要はないですよ」。ところがわたしたちが、クラスターはそのうち自然におさまってくれるかもしれない——**終わった！**——と自分たちに思い込ませたとたん、新しいひびが幾つか、プールの深いほうの端に現れてくる。まえのよりも太いのもあり、なかほどは色が濃くて端はそれほど均一ではなく、一方で奇妙に膨れて見えるものもある（といってももちろん、水のなかなのだから、とわたしたちは自分に言い聞かせる）。そしていくつかは——第六レーン中央の飛び込み板の陰に、ひびが四本組になってひっそりと広がっている（「うちのクラスターにはクラスターがあるんだ」とおりこうさんのスタンが言う）——ぼろぼろでぼさぼさ、いささか錯乱しているように見え、常軌を逸していると言う人すらいる。とはいっても、いまだ「手に負えない状態からはほど遠い」。そして、わたしたちの多くは、より元気があって攻撃的な、支配し栄える計り知れない能力を持つ「第二世代」のひびと向き合っているのではなかろうかと思っているのに、専門家たちは、見かけとは反対に——「活力の幻影に惑わされてはなりません」と、水の形状に関する問題を扱う技師であるクリフォード・ファンは注意する——これら最新のひびは並外れて不活発で、プールの標準的な寿命のあいだに何らかの害をなすとは考えられない、と語る。

陸地での実生活で、わたしたちはいつもより気もそぞろになる。キーを置き忘れる。金を払うのを忘れる。パスワードを思い出せない。髪を梳かさなくなる。職場に遅刻する。仕事に集中できない。話している最中に立ち上がってどこかへ行ってしまったりすることもある。**株価をチェックしてこなくては。**勤務評価はさんざんだ。好感度はただ下がり。友だちには避けられはじめる。連れ合いからは詰られる——当然のことながら——気もそぞろで自分のことばかりに没頭しているといって。「ほかに誰かいるの？」と訊かれる。あるいはこう言われる、「塞ぎこむのはやめて」出かけなさい。**泳いで吹っ切りなさい！**　そして午前三時、連れ合いがすやすや眠っている横でわたしたちは冷や汗をかき、頬を火照らせ、歯を食いしばり、胸をどきどきいわせながら目を覚まして思う。あと何往復できるのだろう？　百？　千？　六？　九十四？　誰か手掛かりを与えてくれそうな人はいないんだろうか？

まずは毎年恒例の八月のプール閉鎖が十日から二週間に延長され、プールの水を抜いてひびの状態をきちんと査定する、と発表される。わたしたちは安堵の吐息をつく。**この事態はちゃんと管理されているんだ。**それから、プールは二週間ではなく三週間閉鎖される、壊れた水中スピーカーを取り替えるのと、追加の補修を行うためである、と発表がある。そしてわたしたちは、**はいはい、ちょっとしたリフォームね、**と思う。（だけどまた心の奥底のどこかでは——水中スピーカーって何よ？）。つぎに、プールは九月の初めまで再開されない、レーンのライン塗り替えと新しい吸引防止装置の設置のためである、と発表がある。そしてわたしたちは自問せずにはいられない。**聞かされていないことが何かあるのだろうか？**　しまいに、小さな手書きのお知らせが、ある朝、時計の下の掲示板に張り出され、翌日の午後二時十五分、観覧席における緊急の「公会堂（タウンホール）」ミーティング（対話集会）で調査結果が発表される、と記されている。強制的ではないものの、プール使用者全員の参加が「大いに望ましい」。

「……ですが、人間に考えられ得る限りの説をひとつずつ消していった結果」とプール管理責任者は締めくくる、「クラスターの原因を突き止めることはできないのではないかと調査官たちは結論を下しました」。「もっとも有力な推測？」と主任調査官のカレン・ラボフスキーが言う。それから首を振る。「推測は種切れです」。地下構造物の専門家で公安委員会顧問のクリス・メンドーサは「謎を受け入れ」て、前へ進むべきだと説く。「なんといってもこの世の中には」と説明する、「どうしても説明のつかないことというのがあるのです」。「つまり」とプール管理責任者が言う、「我々にはどう答えていいものかわからないんです」。クラスターは明日なくなるかもしれないし、知らないあいだに広がり続けるかもしれない、表面下で、成長帯を郵便局のほうへ向かって東に、そしてデ・ロレンゾ・レストランの手入れの行き届いた前庭の芝生の上端に沿って南西に伸ばすかもしれないし、あるいは成長があまりに遅くてなんの害も及ぼさないかもしれない。とはいえ、この由来のわからないクラスターがこれらのどの道を辿るか確実に予測することはとてもできないので、慎重を期して、プールの管理側としては最悪を想定することとした――急激な拡大が進行して最終的には壊滅的崩壊に至るかもしれない、という事態を。「そういうわけで、スイマーの方々及び職員の安全も鑑み、八月最後の日曜日の午後三時をもって、プールを恒久的に閉鎖します。ありがとうございました」とプール管理責任者は告げる、「そして、さようなら」。そんなふうにして、わたしたちの命運は尽きる。

「これは悪夢だ」と誰かが言う。「最悪だ」とほかの誰かが言う。リンダは観覧席の最上列までのぼっていって、ひっそりとすすり泣きをはじめる。「だって」とローズが言う、「この地下にみんなでずっといられると思っていたのに」。もうひとりのローズが言う、「あたしたち、ずっといたんじゃないの?」。いつもは規則を遵守するクラレンスが左ひざのバンドエイドを剝がさないままプールに飛び込み、一往復して水面に出てくると、「泳ぎなんて覚えなきゃよかった」と言う。監視員でさえ、ちょっと困惑しているように見える。「失業だな」と誰かが言う。スロー・レーンの、明日八十九歳になるもののまだ力強く泳ぐサディウスが、宙に向かって悲しげに微笑みながら耳栓をはめる、これで一万回目だ。「あっという間だったな」と彼は言う。レーン仲間のマーレーが「俺の薬はどこだ?」と訊ねる。第二レーンの横泳ぎのアイリーンは、そっと水着のスナップボタンを留め、足元を見つめる。「だけどわたし、自分のレーンでとっても楽しかったのに」と言う。アリスが、「わたしも」と言う。

でもほかの皆は、妙にほっとした気分だ。待ち構えてきた恐ろしいことがついに起こってしまった。重しは取れた。影は通り過ぎた。どっちつかずの状態は終わったのだ。来るものが来た。

新刊案内

2024

6月に出る本

ミチノオク
佐伯一麦
Saeki Kazumi
新潮社

Ⓢ 新潮社
https://www.shinchosha.co.jp

ブルーマリッジ

結婚と離婚。理想と幻想。逃れられない過去と未来。『明け方の若者たち』『夜行秘密』の著者、3年ぶり待望の最新長編！

カツセマサヒコ

355691-6
6月27日発売
●1760円

猫と罰

吾輩、ニャンと転生!? 漱石の「猫」の続きを想像力豊かに描くもふもふ×ビブリア奇譚。日本ファンタジーノベル大賞2024受賞作！

宇津木健太郎

355671-8
6月19日発売
●1760円

ミチノオク

故郷東北を再発見する九つの旅で私小説作家が出会う、天変地異の歴史と、そこで生きる人の心のオク。様々な人生の曲折を描く小説集。

佐伯一麦

381406-1
6月27日発売
●2420円

報道協定

初瀬 礼

そばにいるだけでポジティブになり、幸福感が高まる。よく眠れるし、ストレスも減る。猫好きなら薄々感じていた不思議な力の真実！

507421-0
6月27日発売
●2310円

文藝年鑑2024

日本文藝家協会［編］
2023年度の文芸の動きを回顧。雑誌掲載作品目録、訃報、文学賞、文化各界人最新名簿、同人雑誌一覧等を付した関係者必携の年鑑。
750050-2
6月27日発売
●5170円

ご注文について

・表示価格は消費税（10%）を含む定価です。
・ご注文はなるべく、お近くの書店にお願いいたします。
・直接小社にご注文の場合は新潮社読者係へ
電話／0120・468・465
（フリーダイヤル・午前10時～午後5時・平日のみ）
ファックス／0120・493・746
・本体価格の合計が1000円以上から承ります。
・発送費は、1回のご注文につき210円（税込）です。
・本体価格の合計が5000円以上の場合、発送費は無料です。

読書人の雑誌 波

月刊／A5判

・直接定期購読を承っています。
お申込みは、新潮社雑誌定期購読「波」係まで
電話／0120・323・900（フリーコール）
（午前9時半～午後5時・平日のみ）
購読料金（税込・送料小社負担）
1年／1200円
3年／3000円
※お届け開始号は現在発売中の号の、次の号からになります。

●著者名左の数字は、書名コードとチェック・デジットです。ISBNの出版社コードは978-4-10です。
●記載の内容は変更になる可能性があります。

新潮社　住所／〒162-8711 東京都新宿区矢来町71　電話／03・3266・5111

新潮社
ホームページ

全力で書き尽くした、5年ぶりの長編！

夜が明ける

西 加奈子

親友同士の俺とアキ。夢を持った俺たちは希望に満ち溢れていたはずだった。苛烈な今を生きる男二人の友情と再生を描く渾身の長編。

134958-9 ●935円

累計50万部突破！ 本屋大賞ノミネート！

#真相をお話しします

結城真一郎

【日本推理作家協会賞受賞】

103263-4

でも、何かがおかしい。マッチングアプリ・ユーチューバー・リモート飲み会……。現代日本の裏に潜む「罠」を描くミステリ短編集。

●649円

ひとりでカラカサ

あしたのことば

森 絵都

小学校国語教科書に掲載された「帰り道」や、書き下ろし「%」など、言葉をテーマにした9編。やさしい涙があふれだす珠玉の短編集。

105381-3 ●781円

大ベストセラー『もしドラ』第二弾、文庫化！

もし高校野球の女子マネージャーがドラッカーの『イノベーションと企業家精神』を読んだら

岩崎夏海

累計300万部の大ベストセラー『もしドラ』ふたたび。「競争しないイノベーション」の秘密は〝居場所〟——今すぐ役立つ青春物語。

120222-8 ●825円

キリンを作った男

新潮文庫 6月26日

※表示価格は消費税(10%)を含む定価です。
ISBNの出版社コードは978-4-10です。

江國香織
大晦日の夜に集った八十代三人。思い出話に耽り、それから、猟銃で命を絶った——。人生に訪れる喪失と、前進を描く胸に迫る物語。
解説・上白石萌音
133930-6 ●693円

ぼくはイエローでホワイトで、ちょっとブルー 2
ブレイディみかこ
ぼくの日常は今日も世界の縮図のよう。変わり続ける現代を生きる少年は、大人の階段を昇っていく。親子の成長物語、ついに完結。
101753-2 ●649円

シリーズ累計135万部の人気マンガ!
大家さんと僕
矢部太郎
【手塚治虫文化賞短編賞受賞】
1階に大家のおばあさん、2階には芸人の僕。ちょっと変わった"二人暮らし"を描く、ほっこり泣き笑いの大ヒット日常漫画。
105361-5 ●781円

50年の時を経て文庫化
百年の孤独
G・ガルシア=マルケス 鼓直【訳】
蜃気楼の村マコンドを開墾して生きる孤独な一族、その百年の物語。46の言語に翻訳され、現代文学史を塗り替えた著者の最高傑作。
205212-9 ●1375円

永井 隆
不滅のヒット商品、「一番搾り」を生んだ男、前田仁。彼の嗅覚、ビジネス哲学、栄光、挫折、復活を描く、本格企業ノンフィクション。
105431-5 ●825円

魂に秩序を
マット・ラフ 浜野アキオ【訳】
"26歳で生まれたぼく"は、はたして自分を虐待していた継父を殺したのだろうか? 多重人格障害を題材に描く、物語の万華鏡!
240581-9 ●1705円
海外名作発掘 HIDDEN MASTERPIECES

天才少女は重力場で踊る
緒乃ワサビ
未来からのメールのせいで、世界の存在が不安定に。解決する唯一の方法は不機嫌な少女と恋をすること?! 世界を揺るがす青春小説。
180288-6 ●781円
新潮文庫nex

幽霊を信じない理系大学生、霊媒師のバイトをする
柞刈湯葉
理系大学生・豊は謎の霊媒師と出会い、奇妙な"慰霊"のアルバイトの日々が始まった。気鋭のSF作家による少し不思議な物語。
180287-9 ●781円
新潮文庫nex

潮新書 6/17発売

国家の総力
兼原信克 高見澤將林 編
戦争したくなければ戦争について考え抜け! 霞が関の元最高幹部が考える有事の国家運営。
611047-4 ●1012円

東京いい店はやる店
バブル前夜からコロナ後まで
柏原光太郎
美食生活40年の『東京いい店うまい店』元編集長が、外食グルメの現代史を総ざらい。
611045-0 ●858円

間違い学
「ゼロリスク」
松尾太加志

新……

うっかりミスを事故につなげないために——実際の
事例検証と最新の知見をもとに徹底分析。●880円

不倫の心理学

アンジェラ・アオラ
安達七佳[訳]
611046-7

なぜする？ なぜされる？ 夫の不倫で離婚した女性心
理学者が徹底探究した男と女の性と性（さが）！ ●1430円

わたしたちは痛みから解き放たれる。泳いでいる、そ……
かけがえのない人生のきらめきを捉えた米カーネギー賞受賞作。

がん征服

平均余命15カ月。手術や抗がん剤、放射線では治せない
「最凶のがん」に3つの最新治療法が挑む。迫真の医療ノンフィクション！

下山 進
355711-1
6月17日発売
●1980円

奪還 日本人難民6万人を救った男

太平洋戦争の敗戦で朝鮮半島北部の邦人は難民に。飢餓、伝染病、
ソ連軍から守り、帰国させた〝引き揚げの神様〟驚愕の脱出工作実話。

城内康伸
313733-7
6月17日発売
●2090円

奥山清行 デザイン全史

フェラーリから豪華列車まで。工業デザインの第一線を走る奥山清行が
人生をかけて磨き上げてきた「最高の意匠哲学」の全てを語り尽す。

田中誠司
355721-0
6月27日発売
●4510円

【新版】アイスランド サガ

これぞ中世北欧文学の最高峰！ 十三世紀のアイスランドで花開いた、
王や美姫、戦士や農漁夫らが乱舞する雄渾華麗な物語。待望の復刊。

谷口幸男[訳] **松本 涼**[監修]
313704-7
6月17日発売
●19800円

■新潮選書

冷戦後の日本外交

外交の失敗は一国を滅ぼす——。一線の研究者たちが、
日本外交を牽引した希代の外政家から聞き出した「危機の30年」の重要証言。

高村正彦 兼原信克 川島 真
竹中治堅 細谷雄一
603912-6
6月27日発売
●1705円

にゃんこパワー

カリーナ・ヌンシュテッド

これで終わり。**お楽しみはもうおしまい。**これでわたしたちは前へ進めるのだ。

地上では、生活はいつものように続く。子どもたちは公園で叫び、若者たちはカフェで腰をおろしてブラックコーヒーを飲みながら携帯に見入って穏やかな笑顔を浮かべ、辛抱強く世話を焼かれている老人たちは、目を水平線に据えて険しい顔で、通りの陰になっている側を、脚の先に緑のテニスボールを取り付けた歩行器を押して少しずつ進んでいく。**通ります！**　知り合いに出くわすたびに、わたしたちは不安を感じ、さらし者になっている気がする、まるで恥ずべき秘密を抱えているみたいな、でも誰も何か変だなどとは思わないようだ。「わあ、お久しぶり！」と彼らは言う、「調子はどう？」とか。するとつぜん、新しい屋内駐車場のことや、不動産価格のことや、家の改装についての最近のジレンマのことをしゃべっている自分に気づくのだけれど、何もかもがなんとなく妙な感じで、演技しているみたいな気分だ。

ゆっくりとした砕け散る夢のように八月が始まる。埃っぽい歩道から熱気がたちのぼる。芝生はかさかさになっている。木々はしおれている。花々からは香りがすっかりなくなっている。グッド・ヒューモア・アイスクリームのトラックが一台ぽつんと、校庭の入口近くに違法の二重駐車をして、例のゆっくりした躁状態っぽい歌を流している。でも地下のプールでは、わたしたちは冷たく透き通った青い水に飛び込み、そして泳ぎ続ける。平泳ぎのイーニドはいつもどおり落ち着いて往復する、頭をしゃんとあげて悩みなんてひとつもないかのように。**プル、キック、グ**

ライド、プル、キック、グライド。水中ジョガーのジムは五分間死に物狂いで走ってからちょっととまって、自分の腹が引き締まっているのをうっとり眺める。「おい、見ろよ」。クロードはイヤリングを片方なくす。ドナルドは爪先をぶつける。シュゼットは同じレーンを泳いでいた不注意者に危うく横から衝突されそうになるが、今度ばかりは怒りを抑える。**いいじゃないの。**

　わたしたちは今や寛容に、柔軟になっている。要するに、しゃちこばらなくなっている。いわば、**新たな優しさ**だ。境界は緩くなる。レーン内での対抗意識は消える。恨みは許される。**まえに更衣室で彼女がわたしのヘアドライヤーのプラグを引っこ抜いたからって、それがどうだっていうの？**　カッコつけはなくなる。以前は見境いなく他人を追い越して何が何でも前へ出たがっていた人たちが、今ではほかの皆と同じようにちゃんと足に軽くタッチしてから進む。「必ずしも勝つことがすべてじゃないからね」と自由形で二番目に速いブルースが言う。足首を引っ張っていた人たち（アンクル・ヤンカーズ）は、しなくなる。後ろにぴったりついて泳いでいた人たち（テールゲーターズ）は後ろにぴったりつくのをやめる。レーンでいじめを繰り返していた人たち（レーン・ブリーズ）は、態度を慎む。以前はほとんど言葉を交わさなかったファスト・レーンのスイマーたちとスロー・レーンのスイマーたちが、今では泳いだあとにプールサイドで体を拭きながら楽しくおしゃべりしている。「その帽子、どこで買ったの？」。これまではよそよそしかった元オリンピック選手でさえ沈黙を破り、ときおり無料で助言を与える。「その右脚を柔らかくしなくちゃ！」。なんといっても今や皆、共通の終焉を前にして平等なのだから。

これが新たな現実なんだ、とわたしたちは自分に言い聞かせる。**これを乗り切るんだ、と**。そして——第三レーンの粘りづよい犬かきのリリアンは——**神は何事も益となるようにしてくださる**、と。ところがそのすぐあとに思う、**わたしの人生はめちゃくちゃだ**。あるいは最後の一往復をすませるまえにプールから上がってしまう、だって、たかだかあと二週間ほどしか残っていないのに泳ぎ続けたって意味ないじゃないか？「せっせと数えてキックして、それがなんになるの？」いつもは楽天的な第七レーンのケイトが問いかける。水中ジョガーのトルーディーがフローティングベルトのバックルを外しながら言う、「ワクワク感が消えちゃった」。でもあとの皆は断固泳ぎ続ける。

ときおり、わたしたちのひとりが地上で早期の脱落者と出くわすことがある——ボンズ・スーパーの乳製品売り場で、床屋から出てきたところで、オーデリス・ベーカリーで焼き立てのアルティザン・カントリー・ブレッドを買おうと列に並んでいるときに——そして彼らが言うことはいつも同じだ。**それほど悪くもないよ**。二十年にわたる古強者のハワード（上半身が弱く、盛大にばしゃばしゃキックする）は、最初のひびが現れた日にさっさと去ったのだけれど、このまえの株の暴落直前に市場から撤退したことを除くと、プールを去ったのは人生で最上の決断だった、と言う。「俺はただぐるぐるまわっていただけだったんだ」。かつての第四レーンの自由形のアニカ（短い黄色の足ひれ、強張った体、効率の悪いストローク）は、ハワードの三日後に去ったのだけれど、週三回スイミングに行く代わりに、今では公園で、中国人のお年寄りばかりのなかで毎朝夜明けに太極拳をやっているのだと話す。「この上なく穏やかな気分になれるの」。非のうちどころのない背泳ぎのレスリー（ラップ・カウンター、ノーズクリップ、可動域の広い手足）は、離れて三週間後にはプールにいたことさえ忘れてしまったと言う。「まるでぜんぜんなかったことみたい」。かつてのレーン独り占め屋（ホッグ）ブライアン（三年間で五回衝突、うち四回は彼が悪かった）はただ肩をすくめて言う、「本当のところ？　過去は振り返らないんだ。後悔はない、ないね」。

　わたしたちの幾人かは地上にある代わりの水域へ行きはじめる、「ちょっと見てみる」ために。**お試しね。**クララはペニンシュラ・ホテルの一日パスを買ったものの、あそこのプールは小さすぎて、飛び込んで三回水をかいたらもう引き返さなくちゃならない、と報告する。ジャネットはマナーなんかないダウンタウンの公共プールを果敢に試してみる（「どのレーンもまるっきり時代遅れもいいとこ！」）。ジェイソンは海へ行く（「塩辛すぎる」）。ブレンダは地元のＹＭＣＡにある公共プールにためらいながら片方の足先を浸す（「お風呂みたい！」）。バーバラは無料招待券を使ってオメガ・フィットネスクラブへ行き、そこは八レーンのプールで幅も長さもわたしたちのとまったく同じなのに、「なんか同じじゃないのよね」（**鉢植えのヤシの木、長椅子**（シェーズ・ロング））と言う。ひとりだけ――チャールズだ、今この瞬間も、かつてのままの競争心旺盛な高校生水泳選手（ノースウッド高校の水泳部のキャプテン）のごとく水を切って進んでいる――が地上の生活のなかでちょうどいい代わりの場所を見つける。オーシャン・アヴェニューと四番街の角にある彼の新しい恋人エリオットのマンションの屋上プールだ（**鉢植えのヤシの木**、シェーズ・ロング！）。

　最終週のそのときまで、わたしたちの数人はなんとか救われるかもしれないという希望を持ち続ける。「きっと」と朝の常連ヒューが言う、「あの上のほうで誰かが我々のために介入してくれるに違いない」。「プール管理責任者の奥さん」と誰かが言う。「それか、パム！」とほかの誰か。エラが言う、「たぶん延長してもらえるんじゃないかな」。「それとも、猶予」と第三レーンの背泳のダニエル。「ちょっとしたお恵みがあるといいんだがな」とレーン仲間のパトリック、「上のほうの誰かが気に掛けてくれてるってしるしにさ」。「上のほうじゃ誰も気にしてないよ」と保険数理士のフラン。ほかの皆は心のなかで自分だけの取引を始める。**もし二十八分以下で六十四往復泳げたら、あと一か月余分にもらえる。もし三日続けて一杯も飲まなかったら、ここは閉鎖になったりしない。**そして何人かは——とことん頑固に拒否するタイプ——ただ、嫌だ、と思う。わたしたちにこんなことが起こるはずがない。だってこういうことはふつう、ほかのプールで起こることでしょ？　わたしたちは——いつもそう言われてたじゃないの、そう断言されていたじゃないの——特別なはずじゃなかった？　ふつうとは違うはずじゃ？　免除されているんじゃ？　**免れているんじゃなかった？**　それとも単純に——と第六レーンの仏教徒になりたての「リョージョー」（わたしたちにとってはジョシュ）——「ただの定め」なのか？　あるいはさらに単純に——と第七レーンの小児腫瘍医ミンヒ——まったくのバカげた不運ってだけ？　子どもを巣立たせた親であるヨランダがゴーグルをパイロットみたいに額に押し上げて、言う、「すべては儚い」。

なかには例外的な反応を示す人たちがいて、閉鎖はまんざら悪いことというわけでもないんじゃないか、と言う。「まだまだこれからじゃないの」と。それから、「ビーサン履いてぺたぺた歩くのはやめて、ついに地上へ出て『本物の』生活を始めるいい機会でしょ」。**苦しい状況になるたびにちょっと水に入るのはもうなし。**わたしたちは連れ合いと改めて恋に落ちるのだ（**自分が結婚した赤の他人と**）。快的領域（コンフォートゾーン）から抜け出すのだ。ホームレスのシェルターでボランティアをする。昇給を求める。「感謝」の手紙を書く（**母さん、ありがとう！**）。家計を改善する。心構えも。人生そのものに対する態度も。**もう愚痴なんかこぼさない！** 自分のビジネスを始めるんだ。**ジョンのコンサルティング。**例の二番目の小説を書き上げる。日記をつけ始める。ディナーパーティーを主催する。啓示を得る。「人付き合いのいい人間」になる。ご近所とお近づきになる。**お砂糖をカップ一杯お借りしていい？** たまには、空を見上げることを思い出す。だって人生には、あの細い黒線をただたどる以上のものがあるのだから。

避けられない夏の終わりがどんどん近づくにつれて、わたしたちはますます運命に対して諦めの境地になっていく。**万事休すだ。**みんなプールから上がるまえにちょっと余分にぐずぐずする、ルール違反——**泳いだあとレーンでぐずぐずしないこと！**——は百も承知で。「あの人たちに何ができるっていうの、あたしたちを追い出す？」とマーリーンが言う。ロジャーは必須とされている泳ぐまえのシャワーをなしで済ませる。ドロシーは水泳帽をかぶらない。イーアンは職員専用ドアをうんと強く押す、「ずっとこれをやってみたかったんだ」というだけの理由で（何も起こらない）。エリックは階段の吹き抜けに貼ってある盗難注意のポスターの赤い手の上に自分のイニシャルを書きなぐる、だって、べつにいいだろ？　レーンのライバル、エステバンも後に続く。**俺もここにいるぞ！**　ベリンダは監視員に頷き、すると監視員は――初めて（「あれ見た？」）――頷き返す。ケヴィンは勇気を奮い起こして同じ第三レーンで泳ぐアビゲイルに話しかける、もう十年以上も密かに想っている相手だ。「素敵なゴーグルだね」と彼は言う。すると遠い第八レーンのダリアに憧れている（**わたしとは格が違う**）アビゲイルは、ただにっこりして愛想よく「ありがとう」と言う。エヴェレットはみんなでまた集まろうと提案する。するとハーシェルが、公園でピクニックしようと言う、わたしたちはあまりピクニックなんかするタイプではないのに。「そういうの苦手」とジェニファーが言う。ノーランは、「ピクニック自体」はかまわないけれど命にかかわるほどの蜂アレルギーなのだと言う。「それにそもそも」とエミリー、「あたしたち、ほんとのところお互いが服着た姿で会ったりしたい？」。アリスが答える、「もちろん！」。

ときおり、真夜中に、身を横たえたわたしたちは、まだ眠らずに自分たちのいないプールを思い描こうとする。観覧席のそばには監視員の椅子が空っぽのままそそり立っている。スコアが表示されていないスコアボード。誰にも吸い込まれることのないどんより湿った空気の、つんと鼻をつく塩素のにおい。隅に立てかけてある長い柄のついたすくい網は、密かにより良いものを夢見ている――枯れ葉、蝶、クロコダイル、小さな茶色い鳥、何か、何でも、いつものゴムバンドやもつれた毛髪の塊といった物以外なら。深いほうの端には二枚の飛び込み板がボルトでしっかり留められている、ビョーンと鳴ることも、震えることもないまま。黄色いレーンブイは、生来の浮き浮きした、営業時間後の姿だ。パーティーやろうぜ！ ちょっと垂れ下がったロープ。**疲れたなあ**。最近整備された電気ポンプが小さな音を立てている。うぃいいいいい……。ペースクロックの針が凄まじい勢いで休みなく回る、闇のなかで無関心にただ先へ先へと。水そのものの表面は平たくガラスのようで、わたしたちの世界であるこのうち捨てられたフロアに浮かぶ静謐な青い長方形だ。それから目を閉じていつしか眠り、朝になって目覚めると、有難いことに一瞬忘れている、五日後には、三日後には、二日後には、**明日には**――わたしたちの世界は終わろうとしているのだということを。でもそれから見えてくる――網膜のうんと端に細い糸のようなもの、ちらちら揺らめく光、閃光が、ひとつの出来事とは思えないような具合に。そしていくら安全な眠りのなかへ戻ろうとしても、もう遅い。カーテン越しに日の光が降り注ぎ、目覚まし時計は鳴り響き、ゴミ収集車が通りの反対側をばんばんガタガタ走っていく。わたしたちは起きあがる。

監視員が笛を吹く――甲高く三回、そのあと一回長く鳴り響かせて――それから聞きなれた二言を叫ぶ。「全員、あがって！」。

わたしたちのひとりはゴーグルを外して、目を細めて時計を見上げ、本当にもう時間なのか確かめる（本当だ）。ひとりは隅の梯子のところまで泳ぐと、言う。「だけどあの監視員ったら、なんであ
あしなくちゃならないの？」。二人が叫ぶ、「いやだ！」。ひとりはタイル張りのプールの縁にしがみついてはあはあ息を切らしている。「胸が破れたわ」と彼女は言う。もうひとりは自分の眼鏡が見つからない。「なんかくよくよしちゃうことってない？」とほかの誰かが訊ねる、「人生をそっくり無駄にしたんじゃないかって気がして？」。何人かは言葉が出ない。わたしたちの多くは――わたしたちのほとんどは――この場にいさえしない。週末は泳いでいないか、泳ぐとしてももっと早い時間、混み合う正午ごろのまえの午前中にすませている。何人かは、いつもなら日曜の午後は三時にここへ来るのに、間際になってなにかもっと急を要する事態が起こる。親の病気、凄まじい片頭痛、見逃せないオープンハウス。「これこそ探してる家だって気がする」。ひとりは、自称センチメンタルではない人間で、さよならは「しない」。もうひとりは、肩腱板断裂で二週間来ていなかったけれど、わざわざこの地下のプールまでやってきた、本当の居場所はここだと彼女は思うからだ。「上じゃ、ただわたしという人間で通ってるってだけ」。ひとりはここにいるけれど、ほんとうはいなければよかったと思っている。「もうすでに過去って気がする」。ひとりはまだブランチ中だ。ひとりはほかの皆が水から上がってもまだずっと自分のレーンを泳いで往復し続けていて、わたしたちが彼女の名を呼ぶと――「アリス、もう終わりよ！」

――監視員が片手をあげて静かに言う、「あと一往復」。

そして最後の一往復を泳ぎ切ると、彼女は更衣室で熱いシャワーをゆっくり浴びて、また服を身に着け、それから階段を上って、目をぱちぱちしながら呆然とした様子で、眩い、焼け付くような地上の世界に姿を現す。

Diem Perdidi（ディエム ペルディディ）

彼女は自分の名前を覚えている。彼女は大統領の名前を覚えている。彼女は大統領の犬の名前を覚えている。彼女は自分がなんという町に住んでいるか覚えている。そしてどの通りかも。そしてどの家かも。**道の曲がり角の、大きなオリーブの木がある家よ。**彼女は今年が何年か覚えている。彼女は今どの季節か覚えている。彼女はあなたが生まれた日を覚えている。彼女はあなたのまえに生まれた娘を覚えている――**あなたのお父さんと同じ鼻だった、あの子を見て最初に気づいたのはそのこと**――でもその娘の名前は覚えていない。彼女は結婚しなかった男の名前を覚えている――フランク――そして彼からの手紙をベッド脇の引き出しにしまっている。彼女はかつてあなたに夫がいたことを覚えている、でもあなたの元夫の名前は覚えようとしない。**あの男、**と彼女は呼ぶ。

両腕の痣がどうしてできたのかということや、今朝あなたと散歩してきたことを、彼女は覚えていない。その散歩の途中で、腰をかがめて隣人の前庭の花を摘みとって髪に差したことを、彼女は覚えていない。**こうしたら、あなたのお父さんがキスしてくれるかも。**昨晩夕食に何を食べたか、最後に薬を飲んだのはいつだったか、彼女は覚えていない。水をじゅうぶん飲まなくてはいけないことを、彼女は覚えていない。髪を梳かさなくてはならないことを、彼女は覚えていない。

かつてバークレーの母親の家の軒下に干し柿が幾列もぶらさがっていたことを、彼女は覚えている。**あんなきれいなオレンジ色はなかった。**あなたの父親が桃を大好きなことを、彼女は覚えている。毎週日曜日の朝十時に彼が茶色い車で海まで連れていってくれることを、彼女は覚えている。毎晩八時のニュースの直前になると、彼が紙皿にフォーチュンクッキーを二つ載せてさあパーティーだぞと告げることを、彼女は覚えている。毎週月曜日には彼が大学から四時に帰宅することを彼女は覚えていて、たとえ五分でも帰宅が遅れると門まで出ていって待ち構える。どの寝室が自分のでどれが彼のか、彼女は覚えている。今は自分が使っている寝室がかつてはあなたのものであったことを、彼女は覚えている。ずっとこんなふうだったわけではないことを、彼女は覚えている。

「ハウ・ハイ・ザ・ムーン」の歌詞の一行目を、彼女は覚えている。「忠誠の誓い」を、彼女は覚えている。自分の社会保障番号を、彼女は覚えている。親友ジーンの電話番号を、彼女は覚えている、ジーンが死んでもう六年になるのだけれど。マーガレットが死んだことを、彼女は覚えている。ベティーが死んだことを、彼女は覚えている。グレイスが電話をかけてこなくなったことを、彼女は覚えている。母親が四年まえに窓の外の鳥たちを眺めながら死んだことを、彼女は覚えている、そして日ごとに母のいない寂しさを募らせている。**思いが消えないの**。戦争が始まってすぐに政府から自分たち一家に割り振られた番号を、彼女は覚えている。*13611*。あの戦争の五か月目に母親や弟といっしょに砂漠へと追いやられることになり、初めて列車に乗ったことを、彼女は覚えている。家に帰ってきた日を、彼女は覚えている。**一九四五年九月九日**。ヤマヨモギをびゅうびゅう吹き抜ける風の音を、彼女は覚えている。サソリや赤アリを、彼女は覚えている。砂塵の味を、彼女は覚えている。

会いにきたあなたを必ずぎゅっと抱きしめることを彼女は忘れず、あなたはいつもその力に驚かされる。立ち去ろうとするあなたに毎回キスすることを、彼女は忘れない。電話で話すときはいつも最後にあなたにこう言うのを、彼女は忘れない、またすぐFBIがいろいろ調べにくるわよ。デートに出かけるんならそのまえにブラウスにアイロンをかけてあげようかとあなたに訊ねるのを、彼女は忘れない。あなたのスカートを撫でつけるのを、彼女は忘れない。**すべてを与えてしまったりしちゃだめよ。**あなたの髪のとびでた房を横に押しやるのを、彼女は忘れない。二十分まえにあなたと昼食をとったことを、彼女は覚えておらず、マリー・カレンダーズ（アメリカのレストランチェーン）へ行ってサンドイッチとパイを買ってくれれば、とあなたに言う。以前は皮が完璧な波形になったこの上なく見事なパイを自分で作っていたことを、彼女は覚えていない。あなたのブラウスにどうやってアイロンをかけたらいいのか、自分の物忘れがいつ始まったのか、彼女は覚えていない。**何かが変わっちゃったの。**自分がつぎに何をするつもりだったのか、彼女は覚えていない。

あなたのまえに生まれた娘が半時間だけ生きてから死んだことを、彼女は覚えている。**あの子、外見（そとみ）はなんともなかったのよ。**自分の母親から一度ならず言われたことを、彼女は覚えている、**けっして誰にも泣くところを見せちゃだめ。**生まれて三日目のあなたに初めて風呂をつかわせたときのことを、彼女は覚えている。あなたがたいそう太った赤ん坊だったことを、彼女は覚えている。あなたが初めてしゃべった言葉は「いや」だったことを、彼女は覚えている。何年もまえに雨のなかフランクと野原で林檎をもいだことを、彼女は覚えている。**人生で最高の一日だった。**初めて彼に会ったとき、あまりに緊張しすぎて自分の住所を忘れてしまったことを、彼女は覚えている。口紅を塗り過ぎたことを、彼女は覚えている。何日も眠れなかったことを、彼女は覚えている。

あなたの運転する車であのスイミングクラブの前を通りかかると、三十五年以上もあそこのプールで泳いだあげく監視員に追い出されたことを、彼女は覚えている。**ルールをひとつも覚えられなくって。**プールサイドで腕を十回振ってから水に飛び込んだことを、彼女は覚えている。泳ぎ始めはほとんど向こう端に着くくらいまで息継ぎの必要がなかったことを、彼女は覚えている。「新しい」コーヒーメーカーの使い方を、彼女は覚えていない、使いはじめてもう三年経つのだけれど、物忘れが始まってから買ったものなのだ。あなたの父親に十分まえに、今日は日曜日か、とか、ドライブに出かける時間か、とか訊いたことを、彼女は覚えていない。さっきセーターをどこに置いたのか、自分がこの椅子にすわってどのくらいになるのか、彼女は覚えていない。その椅子からどうやって立ち上がったらいいか、彼女はいつも覚えているとはかぎらない、だからあなたはそっとフットレストを押し下げて手を差し出すのだけれど、その手を取ることを、彼女はいつも覚えているとはかぎらない。**あっち行って**、と言ったりする。ただ、**動けなくなっちゃった**、と言うこともある。このまえの晩、あなたの父親が部屋を出ていった直後に、**わたしがあの人を愛している以上にあの人はわたしを愛しているの**、とあなたに言ったのを、彼女は覚えていない。そのすぐあとに、**あの人が戻ってくるのが待ちきれない**、とあなたに言ったのを、彼女は覚えていない。

求婚時代あなたの父親がいつも時間に正確だったことを、彼女は覚えている。彼の笑顔が素敵だと思ったことを、彼女は覚えている。**あの人、今でもそうよ**。二人が初めて会ったとき彼はべつの女性と婚約していたことを、彼女は覚えている。そのべつの女性は白人だったことを、彼女は覚えている。そのべつの女性の両親は娘を庭師のようにしか見えない男と結婚させたくないと思っていたことを、彼女は覚えている。あのころの冬は今よりも寒くて、コートとスカーフを身に着けなければならない日さえあったことを、彼女は覚えている。母親が毎朝仏壇に向かってお辞儀して先祖に炊きたてのご飯を盛った椀を供えていたことを、彼女は覚えている。お香やキッチンに漂うキャベツの漬物のにおいを、彼女は覚えている。父親がいつもとても上等の靴を履いていたことを、彼女は覚えている。ＦＢＩが父親を連行しにきたとき父親と母親がまたも大喧嘩したところだったのを、彼女は覚えている。戦争が終わるまで二度と父に会うことがなかったのを、彼女は覚えている。

足の爪を切ることを、彼女はいつも覚えているとは限らない、そしてあなたに両足をお湯のバケツに浸してもらうと、彼女は目を閉じて椅子の背にもたれ、あなたの手をとろうとする。**わたしに愛想をつかさないでね**、と言う。靴ひもをどうやって結べばいいか、彼女は覚えていない、ブラジャーのホックの留め方も。お気に入りの青いブラウスをもう五日続けて着ていることを、彼女は覚えていない。あなたの年を、彼女は覚えていない。**とにかく自分の子どもを持ってみてごらん**、と彼女はあなたに言う、もう子どもを産める年ではないのに。

初めての女の子が生まれてそれから死んだあと、何日ものあいだ庭にすわってただ池の横の薔薇を眺めていたことを、彼女は覚えている。**ほかに何をすればいいのかわからなかったの。**あなたが生まれたとき、あなたもまた父親と同じく鼻筋が長かったことを、彼女は覚えている。**まるで同じ女の子を二度産んだみたいだった。**あなたが牡牛座であることを、彼女は覚えている。あなたの誕生石が緑色なのを、彼女は覚えている。あなたが会いにきたときはいつも新聞の星占いのあなたのところを読んで聞かせなくてはならないことも、彼女は覚えている。**以前とても親しい仲だった人がすぐにまたあなたの人生に登場するかもしれません。**その同じ星占いを五分まえにもあなたに向かって読みあげたことや、先週彼女の後頭部にこぶができているのをあなたが見つけていっしょに医者へ行ったことを、彼女は覚えていない。**転んだんだと思う。**あなたがもう結婚してはいないのだとその医者に話したことや、あなたの電話番号を医者に教えて電話してやってくださいねと頼んだことを、彼女は覚えていない。医者が診察室から出ていくやあなたに身を寄せて囁いたことを、彼女は覚えていない、**きっと電話してくるわよ**、と。

五十年まえ、初めての女の子が生まれてそれから死んだすぐあとに、赤ん坊の遺体を科学のために献体しないかとべつの医者から訊かれたことを、彼女は覚えている。**あの子の心臓は非常に珍しいものだったとか言われて。**お産に三十二時間かかったことを、彼女は覚えている。疲労困憊していて何も考えられなかったことを、彼女は覚えている。**それで、はいそうしますって言っちゃったの。**病院からあなたの父親とスカイブルーのシボレーで帰宅したことを、二人のどちらも一言もしゃべらなかったことを、彼女は覚えている。とんでもない過ちを犯してしまったとわかっていたことを、彼女は覚えている。赤ん坊の遺体がどうなったのか彼女は覚えておらず、ガラス瓶に入れられているのかもしれないと気に病む。どうしてそのままあの子を埋葬しなかったのか、彼女は覚えていない。**あの子が木の下で眠っていてくれたらよかったのに。**あの子に毎日花を持っていってやりたいと思ったことを、彼女は覚えている。

まだ小さな女の子だったころから子どもは持ちたくないとあなたが言っていたことを、彼女は覚えている。あなたがドレスを着るのが大嫌いだったことを、彼女は覚えている。あなたが人形遊びはけっしてしなかったことを、彼女は覚えている。初めて出血したときあなたは十三歳で鮮やかな黄色のパンツ姿だったことを、彼女は覚えている。あなたが子どものころに飼っていた犬の名前がシロだったことを、彼女は覚えている。あなたが以前ガソリンという名前の猫を飼っていたことを、彼女は覚えている。あなたがタートルという名前の亀(タートル)を二匹飼っていたことを、彼女は覚えている。あなたの父親といっしょに初めて父方の家族に会わせに日本へ連れて行ったときあなたは十八か月でしゃべり始めたところだったことを、彼女は覚えている。山並みの高いところにある小さな養蚕の村に住む義母にあなたを預けてあなたの父親と十日間あの島を旅したことを、彼女は覚えている。**そのあいだずっとあなたのことが心配だった。**帰ってくるとあなたは彼女が誰かわからず、そのあと何日も彼女とまともにしゃべろうとせずただ彼女の耳元で囁くだけだったことを、彼女は覚えている。

五歳になったあなたが必ずドアの枠を三回叩いてからでないと家から出ようとしなかったことを、彼女は覚えている。あなたには繰り返し歯をカチカチ鳴らす癖があり、それにひどくいらいらさせられたことを、彼女は覚えている。違う色の食べ物が皿の上でくっつくことにあなたが我慢ならなかったことを、彼女は覚えている。**すべてが本来の場所におさまっていないといけないの。**あなたの理解力がそこまで発達しないうちに読む術を教えようとしたことを、彼女は覚えている。あなたをニューベリーズへ連れていって型紙と布地を選びあなたに縫い方を教えたことを、彼女は覚えている。毎晩夕食のあとキッチンテーブルに並んですわって、あなたからヘアピンを一本ずつ手渡してもらいながらカーラーで髪を巻いていったことを、彼女は覚えている。これが一日のうちの大好きな時間だったことを、彼女は覚えている。**いつだってあなたといっしょにいたいと思ってた。**

一回目であなたを妊娠したことを、彼女は覚えている。あなたの弟を一回目で妊娠したことを、彼女は覚えている。あなたのもう一人の弟は二回目で妊娠したことを、彼女は覚えている。**わたしたち、きっとちゃんと集中していなかったのね。**昔手相占い師から子宮の傾きが逆だからぜったい子どもは産めないと言われたことを、彼女は覚えている。あるとき盲目の占い師から前世では彼女は男だった、そしてフランクは彼女の姉だったと言われたことがあるのを、彼女は覚えている。自分が覚えていることは必ずしもすべてが真実というわけではないことを、彼女は覚えている。馬が引くゴミ収集馬車がアシュビー通りを走っていたことを、初めての天然ゴム底靴（クレープソール）のことを、道路脇に散っていた花のことを、彼女は覚えている。フランクの声を聞くといつも気持ちが落ち着いたことを、彼女は覚えている。別れるときはいつも彼が振り向いて歩み去る彼女を見守ってくれたことを、彼女は覚えている。初めて彼から結婚を申し込まれたときまだ心の準備ができていないと答えたことを、彼女は覚えている。二度目のときは学校を終えるまで待ちたいと言ったことを、覚えている。ある暖かな夏の夕暮れに彼と水辺の遊歩道を歩いていてあまりに幸せで自分の名前が思い出せなかったことを、彼女は覚えている。ほかのどんな人とでもこうはいかないとは知らなかったことを、彼女は覚えている。時間なんてたっぷりあるつもりでいたことを、彼女は覚えている。

三日まえにあなたといっしょに庭に植えた花の名前を、彼女は覚えていない。**薔薇？　水仙？　永久花（えいきゅうか）？**　今日が日曜日で、そしてもうドライブに行ってきたということを、彼女は覚えていない。あなたに電話をかけることを、彼女は覚えていない、かけるからねといつも言うのだけれど。ドビュッシーの「月の光」をピアノでどうやって弾けばいいか、彼女は覚えている。「チョップスティックス」と音階の弾き方を、彼女は覚えている。セールスの電話がかかってきても相手になってはいけないことを、彼女は覚えている。**うちはけっこうです。**　いつもの文法的に正しい話し方を、彼女は覚えている。**ここだけの話だけど（ジャスト・ビトウィーン・ユー・アンド・ミー）。**　いつもの礼儀を、彼女は覚えている。ありがとうとかお願いしますと言うことを、彼女は覚えている。トイレを使うたびにちゃんとおしもを拭くことを、彼女は覚えている。流すことを、彼女は覚えている。シルクのストッキングをはくときはいつも結婚指輪をくるっと回すことを、彼女は覚えている。家から出るときはいつも口紅を塗り直すことを、彼女は覚えている。毎晩ベッドに入るまえにしわ取りクリームを塗ることを、彼女は覚えている。**寝ているあいだに効果を発揮するんだから！**　朝目が覚めると、自分の見た夢を、彼女は覚えている。わたしは森のなかを歩いていた。わたしは川で泳いでいた。知らない街でフランクを探していた、でも彼がどこにいるのか誰も教えてくれないの。

ハロウィンの前の晩には、トリック・オア・トリートに出かけるのかとあなたに訊ねることを、彼女は覚えている。あなたの父親がカボチャを大嫌いなことを、彼女は覚えている。戦争のあいだあの人は日本でカボチャばっかり食べてたから。結婚したすぐのころ、彼が祈るのを毎晩聞いていたことを、彼女は覚えている、自分のほうが先に死にますように、と。あの砂漠で、地面がむきだしの床の上で弟とビー玉で遊んだり夜になると壁の向こう側の夫婦の物音に聞き耳を立てたことを、彼女は覚えている。年がら年中アレをやってるんだから。パリへ新婚旅行に出かけたあなたがチョコレートを一箱お土産にくれたことを、彼女は覚えている。「だけど、続くかな？」とあなたは彼女に問いかけた。自分の母親からこう言われたことを、彼女は覚えている。「誰かに恋したとたん、自分を見失ってしまうのよね」。

戦争が終わって帰ってきた父親が母親と以前よりもさらに激しい喧嘩をしていたことを、彼女は覚えている。父親がサンフランシスコで靴を買うのに何日もかけているあいだ母親は他人の家の床を磨いていたことを、彼女は覚えている。父親が自宅のある区画を三回まわってからようやく家に帰ってくる夜もあったことを、彼女は覚えている。ある夜父親が結局帰ってこなかったことを、彼女は覚えている。六年まえ、あなたが夫に去られたとき、あなたは最初の本を出版したばかりだったことを、彼女は覚えている。会った瞬間この男はろくでもないと思ったことを、彼女は覚えている。**母親にはわかるものなの。**その思いを自分の胸にしまっておいたことを、彼女は覚えている。**あなたに失敗を経験させるべきだと思ってね。**何週間もあなたの体じゅうに蕁麻疹ができていたことを、彼女は覚えている。

　三人の子どものうちで、あなたといっしょにいるのがいちばん楽しかったことを、彼女は覚えている。あなたの弟があまりに無口で、いるのを忘れてしまったりするほどだったことを、彼女は覚えている。**あの子はまるで夢みたいな子だった。**彼女自身の弟があの列車に乗るときに自分のトランジスタラジオしか持っていこうとしなかったことを、彼女は覚えている。**お気に入りの番組をどれも聞き逃したくなかったのね。**出立の前夜母親が銀器をぜんぶ庭に埋めたことを、彼女は覚えている。五年生だった彼女の担任のミスター・マルテッロに、皆がお別れを言えるようクラス全員の前に立ってくれと言われたことを、彼女は覚えている。隣に住んでいたエレイン・クローリーから銀のハート形のペンダントを貰ったことを、彼女は覚えている、手紙を書くと約束してくれたのに一度もくれなかった。そのペンダントを列車でなくして、ひどく悔しくて泣きたかったことを、彼女は覚えている。**わたしにとって初めてのジュエリーだったのに。**

　空軍に入って一か月経つとフランクが突然手紙を寄越さなくなったことを、彼女は覚えている。朝鮮上空で撃墜されたのではないか、山のなかでゲリラ兵の人質となっているのではないかと心配したことを、彼女は覚えている。一日じゅう絶え間なく彼のことを考えていたのを、彼女は覚えている。**気が変になるかと思った。**ある夜友だちから彼はほかの人と恋に落ちたのだと知らされたことを、彼女は覚えている。次の日、あなたの父親に結婚してくれと頼んだことを、彼女は覚えている。**「指輪を買いに行かない？」って言ったの。**彼に告げたことを、彼女は覚えている、**そろそろいいんじゃないかしら、**と。

　あなたがスーパーのラルフスに彼女を連れていくとコーヒーは通路2だということを、彼女は覚えている。通路3は牛乳だということを、彼女は覚えている。いつもぎゅっとハグしてくれる少数購入者専用レジ担当者の名前を、彼女は覚えている。**ダイアンよ。**いつも茎の折れた薔薇を一輪くれる花売り場の女の子の名前を、彼女は覚えている。精肉売り場のカウンターの後ろにいる男はビッグ・ルーだと、彼女は覚えている。「やあ、べっぴんさん」と声をかけてくれる。自分のバッグがどこにあるのか、彼女は覚えていない、そして取り乱しはじめるので、家に置いてきたでしょう、とあなたは思い出させる。**あのバッグがないと自分じゃないような気がするの。**列で自分の後ろに並んでいる男に結婚しているかどうか訊ねたことを、彼女は覚えていない。してないと男がぶっきらぼうに答えたことを、彼女は覚えていない。メロンの横にいた車椅子の老女を見つめてからあなたにこう囁いたことを、彼女は覚えていない、**ぜったいあんなふうにはなりたくないわねえ。**以前駐車場のカート置き場の横に立っていた巨大なミモザの木が今はもうないことを、彼女は覚えている。**ものみな移ろいゆく、だわね。**自分がかつて泳ぎがとても上手かったことを、彼女は覚えている。最後の運転免許更新時実技試験で三回続けて落ちたことを、彼女は覚えている。彼女の父親がいなくなった翌日母親が家を浄めるために各部屋の一隅に塩をちょっと撒いたことを、彼女は覚えている。皆が二度と父親のことを口にしなかったのを、彼女は覚えている。

薬局へ行ってきたあなたの父親に、なぜこんなに時間がかかったのか、とか、誰と話していたのか、とか、薬剤師は美人だったか、とか訊いたことを、彼女は覚えていない。いつもあなたの父親の名前を覚えているとは限らない。自分が高校卒業時にラテン語の成績が極めて優秀だったことを、彼女は覚えている。「来た、見た、勝った」をどう言うか、彼女は覚えている。*Veni*(ウェーニー), *vidi*(ウィーディー), *vici*(ウィーキー)。「一日を無駄にした」をどう言うか、彼女は覚えている。*Diem perdidi*(ディエム ペルディディ)。日本語の「アイム・ソーリー」にあたる言葉を、彼女は覚えている、彼女がその日本語を口にするのをあなたは何年も聞いたことはないが。「ライス」や「トイレット」にあたる言葉を、彼女は覚えている。「ウエイト」にあたる言葉も覚えている。**チョット・マッテ・クダサイ**。白い蛇の夢を見たら幸運がやってくることを、彼女は覚えている。落ちている櫛を拾うのは縁起が悪いことを、彼女は覚えている。お葬式へ行くときに走ってはならないことを、彼女は覚えている。真実は井戸の底に向かって叫べばいいということを、彼女は覚えている。

自分も母親と同じように丘の上の裕福な白人のご婦人方のところへ働きにいったことを、彼女は覚えている。ミセス・ティンダルを、彼女は覚えている、彼女をひとりで放っておかず、昼は毎日キッチンでいっしょに食べようと言ってきかなかった。ミセス・エドワード・デヴリーズを、彼女は覚えている、一日でクビにされたのだ。**「いったい誰にアイロンのかけ方を教わったの？」って言われたわ。**ミセス・キャヴァノーが毎週土曜日にはアップルパイを焼くまで家に帰してくれなかったことを、彼女は覚えている。彼女の膝に手を置きたがる、ミセス・キャヴァノーの夫アーサーを、彼女は覚えている。アーサーがときどき金をくれたことを、彼女は覚えている。自分がけっして拒まなかったことを、彼女は覚えている。一度戸棚から銀の燭台を一つ盗んだことがあるのを彼女は覚えているが、どの家のだったかは思い出せない。所有者がそれをぜんぜん惜しがらなかったことを、彼女は覚えている。三日続けて同じナプキンを使っていたことを、彼女は覚えている。今日が日曜であることを彼女は覚えているが、それは七日のうち六日は正しくない。

つぎの夫になってほしい男をあなたが実家に連れていくと、彼の上着を受け取ることを、彼女は覚えている。彼にコーヒーを出すことを、彼女は覚えている。彼にケーキを出すことを、彼女は覚えている。彼に薔薇のお礼を言うことを、彼女は覚えている。で、**あの子のことがお好きなの？**　と彼女は彼に訊ねる。彼に名前を訊ねることを、彼女は覚えている。**なにしろあの子は初めての子なもんですから。**五分後に、もう名前を忘れてしまったことを彼女は思い出して、なんという名前だったのか彼にもう一度訊ねる。**わたしの弟と同じ名前だわ、**と告げる。その朝もっと早くに弟と電話で話したことも、あなたと一緒に公園で散歩したことも、彼女は覚えていない。どうやってコーヒーを淹れるのか、彼女は覚えていない。どうやってケーキを出すのか、彼女は覚えていない。

何年もまえ、列車の座席に弟と並んですわって砂漠へと向かいながら、どちらが座席に横になるかで喧嘩したことを、彼女は覚えている。白くて熱い砂を、水面を吹く風を、**しーっ、大丈夫だからね、**と話しかけてくる誰かの声を、彼女は覚えている。人類が月に降りたったときに自分がどこにいたか、彼女は覚えている。日本が戦争に負けたと知った日のことを、彼女は覚えている。**母が泣く姿を見たのはあのときだけ。**フランクが誰かほかの人と結婚したのを知った日のことを、彼女は覚えている。**新聞で見たの。**そのあとすぐに彼から来た手紙のことを、彼女は覚えている、会ってもらえないだろうかと記されていた。**彼ったらね、僕の間違いだった、って。**最後にもう一度だけ彼に会い、そのあと、「もう遅いわ」と告げたことを、彼女は覚えている。十二月のいつになく暖かい日にあなたの父親と結婚したことを、彼女は覚えている。三か月後の三月に最初の喧嘩をしたことを、彼女は覚えている。**わたしは椅子を投げたっけ。**毎週月曜には彼が大学から四時に帰宅することを、彼女は覚えている。自分がどんどん忘れていることを、彼女は覚えている。彼女が覚えていることは、日増しに少なくなっている。

彼女にあなたの名前を訊ねると、どんな名前だったか、彼女は覚えていない。**お父さんに訊い**

てごらん、きっと知ってるから。大統領の名前を、彼女は覚えていない。大統領の犬の名前を、彼女は覚えていない。今がなんの季節か、彼女は覚えていない。今日が何月何日か、何年か、彼女は覚えていない。あなたの父親と初めて暮らしたサンルイス・アヴェニューの小さな家を、彼女は覚えている。かつて弟と一緒に寝ていたベッドに母親がかがみこんで姉弟におやすみのキスをしてくれたことを、彼女は覚えている。初めての女の子が生まれたとたん何かおかしいと思ったことを、彼女は覚えている。**あの子は泣かなかった。**赤ん坊を両腕に抱いて人生最初で最後の眠りに落ちるのを見守っていたことを、彼女は覚えている。あの子を埋葬しなかったことを、彼女は覚えている。あの子に名前をつけなかったことを、彼女は覚えている。赤ん坊が完璧な爪と非常に珍しい心臓を持っていたことを、彼女は覚えている。あの子があなたの父親の長い鼻筋を持っていたことを、彼女は覚えている。すぐさま彼の子どもだと思ったことを、彼女は覚えている。二日後、退院して家に帰っていたときに出血しはじめたことを、彼女は覚えている。浴室で倒れかけるとあなたの父親が支えてくれたことを、彼女は覚えている。日没時の砂漠の空を、彼女は覚えている。**最高に美しいオレンジ色だった。**サソリや赤アリを、彼女は覚えている。砂塵の味を、彼女は覚えている。かつてある人をほかの誰よりも愛したことを、彼女は覚えている。同じ女の子を二度産んだことを、彼女は覚えている。今日が日曜日であることを、そしてそろそろドライブに出かける時間であることを彼女は覚えている、だからバッグを手に持って、口紅を塗って、車であなたの父親を待とうと外に出る。

ベラヴィスタ

今日あなたがここにいるのは、テストでしくじったからです。たぶん、時計の文字盤に数字をすべて書きこむことができなかったとか、「world（ワールド）」を逆に綴ることができなかったとか、聞かされたばかりの、専門的訓練を受けた当施設の試験係がほんの数分まえに言った関連性のない五つの言葉を一つも思い出せなかった、とかいったところなのでしょう。それとももしかしたら、生まれて初めてあの立方体を模写することができなかったのかもしれませんね。「気分が乗らなくって」とか言って。それともひょっとして、「動物の名前を挙げる」能力がこのまえいらしたときより衰えていたのでしょうか。それとも、認知機能を評価するための実行機能切り替えトレイル・メイキング・テストをまるでやり損なったとか。それとも、社会的統合度の数字が惨憺たるものだったとか。あるいはもしかしたら、テストを受けさえしなかったのかもしれませんね。もしかしたら、卵を一パック買いにスーパーへ出かけて二日後に、代わりに熟れすぎのマンゴーを一個持って帰ってきたのかもしれません。「買ってきたよ！」。それとも、消防車を猛スピードで追い越そうとしたとか――「だけど、ちゃんと合図したんだから！」――それとも、あのお得意の絶品田舎風プラム・タルトの作り方を思い出せなかったのでしょうか。あるいはもしかしたら、自分で気付かないうちに、一緒に暮らすのが極めて困難な人間になってしまっていたのかもしれません。食べようとしない。風呂に入ろうとしない。一晩に十回、ときには二十回起き出して、愛する人たちを疲労困憊させてしまう。あるいはもしかしたら、お連れ合いが今朝あなたをぽんと車に乗せて、「ドライブに連れていってあげるよ」と言ったのかもしれません。それとも娘さんに「手筈を整えてきた」から、と告げられて、いいじゃない、何かのプランね、とあなたは思ったのかもしれませんね。そうしてあなたはここにいるというわけです。

ベラヴィスタへようこそ。当施設は長い歴史を持つ営利型メモリー・レジデンス（認知症や記憶障害を持つ高齢者の介護を専門とする施設）で、ヴァレー・プラザ・モールからほんの数分の、幹線道路を降りた元駐車場という便利な場所にあります。これまで「ヘリテージ・ポワント」「パロマ・ガーデンズ」「地方自治体病棟三号」「パシフィカの村」などと呼ばれてきました。そしてまた、快適な場所、新しい場所、最後の場所、素晴らしい場所（「きっと気に入るよ」）などとも。さらに、ごく最近では、さっさと遠ざかっていくＳＵＶの着色ガラスの窓の奥で八歳の男の子が母親に向かって言った、「精神病院（バグハウス）」などとも。

ここベラヴィスタでは、あなたが人生の旅路のこの新たな、そして最後の段階に入るにあたって、どんどん変化するニーズに応えるべくできるかぎりのことをいたします。当方の入居チームによる手続き（歓迎レセプション、ギフト・バスケット、全身のほくろや腫れもののチェック）を済まされると、部屋と数字とベッドが与えられ、それにご自身のものをお持ちでない場合には、アイロンで簡単に貼り付けられる名札付きの新しい衣類一式も。これからは、もう二度と道に迷う心配はありません。たとえどこにいるのかご自身がわかっていなくとも、どこにいらっしゃるのかわたしたちがわかっているからです。まずないとは思いますが、敷地の外へ彷徨い出てしまう（「安全範囲」の外に出てしまう）ようなことがあっても、徘徊見守りGPSが即座にグリッド上のあなたの地理座標を知らせてくれます。夜間、あなたの睡眠は電子センサーによって離れたところから監視されます。もしベッドから一人で出ようとしたら、感圧フロアマットが、動きがあったと知らせるアラームを作動させ、あなたのメモリー・チームの誰かがすぐに介助に駆けつけます。

ですが、あなたはお考えかもしれませんね、わたしはそこまでにはなってない（なってます）。または、わたしはテストでは上出来だったとか（最低でした）。または、明日夫が迎えに来てくれるとか（嘘をついたのです）。または、町へ行くつぎのバスに乗らなくてはとか（あのバス停は偽物で、そんなバスは存在しません）。または、どうしてこんなことになってしまったのだろう？　とか（徐々に、なん十年か越しで、または――十九号室のアラン、降りかけている遮断機を車で突っ切ろうとして列車と衝突――瞬時に、あっという間に）。または、いやはや、もうたくさんとか（すみませんが、まだほんの始まりです）。

あなたの状態についての事実を幾つか。一時的なものではありません。進行性で、治療は難しく、元の状態には戻りません。結局のところは人生それ自体と同じく、終末へと向かうだけです。薬では進行を止められません。ゴツコラやイチョウ入りの緑茶では止められません。お祈りでは止められません。気功や「一歩ずつやっていきましょう」「もっと目的を持って暮らしましょう」では止められません（そうするには遅すぎます）。現実を無視した前向きな態度では止められませんし、じつのところ衰えをかえって早めることになりかねません。これらの法則に例外はありません。あなた自身は特別な人であっても、あなたの疾患は特別な症例ではありません。ベラヴィスタにはほかに八十七人いて、そして世界には同様の症状に悩む人が五千万人以上いるのです。

どんな人がかかるの？　とあなたは思っていらっしゃるかもしれません（そしてまた、これって冗談？　逮捕でもされた？　それに、車のキーは誰かにとられた？）。金持ちのメキシコ人麻薬王たちもかかります。ブラジルで非合法で働いている中国人鉱夫たちもかかります。映画のなかの並外れて見栄えのいいアイビーリーグの教授たちもかかります。ドイツはライプツィヒのノーベル化学賞に七回ノミネートされた候補者たちもかかります（ですが、ノーベル賞受賞者たちはかかりません、「勝者の高揚」が免疫システムに良い影響を及ぼすからです）。サン・クエンティン州立刑務所で三振即アウトのドラッグ法（過去に二度有罪判決を受けた者が三度目に罪を犯すと、罪の軽重を問わず重い刑が科せられるという法律）に基づいて刑期を務めつつ晩年を送っている高齢受刑者たちもかかります。アイスランドの北東海岸にある近親結婚を繰り返している辺鄙な漁村では、五十歳以上の三人に二人がかかります。アンデス北部のさらに辺鄙な、全員が十六世紀の同じスペイン人征服者（コンキスタドール）を先祖に持つ幾つかの大きな拡大家族からなる村では、四十五歳以下の二人に一人がかかります。アンダマン諸島南西部のとある名前のない熱帯の島では、誰もかかりません（寿命が短すぎて）。それからもちろん、あなたがいます、こうしてたったお一人ですけどね。あなたも、かかってしまいました。

あなたの疾患にはなんの「意味」も「崇高な目的」もありません。「賜物」や「試練」でもなければ、個人的な成長や変化のチャンスでもありません。怒れる傷ついたあなたの魂を癒してくれはしないし、より優しく思いやりのある、あまり他人を批判したりしない人間にしてくれるわけでもありません。あなたを担当する介護スタッフたちを気高く（彼女は聖人だ）もしませんし、これまでずっとあなたを愛し敬慕してきた周囲の人たちの生活を豊かなものにしてくれるわけでもありません。ただそんな人たちを悲しませるだけです。あなたを神に近づけてもくれませんし、以前のつまらない悩みから解放してもくれません。まえに体重を気にしていたのなら、これからも体重を気にすることになるでしょう（「わたし、相変わらず太り過ぎだ」などと言うことに）。この疾患はただ、避けようのない人生の終焉へとあなたを近づけていくだけなのです。

癌のほうがましだ、と思っていらっしゃるかもしれませんね。あるいは心臓病のほうが。あるいは頭に銃弾を一発撃ちこむほうが。あるいはもしかすると、ただただやってこなかったいろいろなことへの後悔の念でいっぱいになっているのでしょうか。もっとクロスワードパズルをやっておけばよかった、もっと思い切ったことをすればよかった、名作を読むあのクラスに参加すればよかった、休暇をぜんぶ使い切ればよかった、「上等」の家具のビニールカバーをはぐってしまえばよかった（「わたしったらどんどんうちの母みたいになってる！」とあなたはいみじくもおっしゃいましたっけ）、特別な時（いったいどんな時？）用にクローゼットの奥にしまっておいたあの高価なハイヒールを履けばよかった。人生を楽しんでおけばよかった（で、代わりにこれまでどんな人生を？　安全第一、自分の分を守って）。あるいはアトキンス・ダイエットじゃなく地中海式ダイエットにすればよかった、とか。あるいは新しい言語を学べばよかった――フランス語、ドイツ語、インドネシア語、何か、なんでも――五十歳までに、避けがたい頭脳の衰えが始まるまえに。「来年になったら」とあなたは自分に言い続けてきたんですよね。するとほら――**なんとびっくり！**――今が来年なのです。もうあなたはけっしてあのパリ旅行もできなければ、博識な読書家（単なるつまみ読み読者ではなく）にもなれませんし、フランス語がぺらぺら、どころかなんとか通用するレベルにさえなれません。**お気の毒ですが**（ヌ・ソン・デゾレ）。なぜなら、悲しいかな、パーティーは終わったのです。

　このたびベラヴィスタへご入居いただくについて、幾つか知っておいていただきたいことがあります。わたしたちが起きていただきたい時間に、起きていただきます。わたしたちが寝かしつけて明かりを消すときに、寝ていただきます。ダイニングルームでどこに座るかは、すべて決まっています（食べ終わるのに、食事時間に割り当てられた四十二分以上必要な場合は、「食べるのが遅い人用のテーブル」に座っていただくこともできます）。夜遅くにお連れ合いやお子さんたちを探して廊下をうろうろしないでください（あなたのお連れ合いはがらんとした大きなベッドでぐっすり眠っていますし、お子さんたちは大人になって世界のあちこちに散らばっています）。窓を開けようとしないでください（窓は開きません）、エレベーターのドアの横の暗証番号式ロックの数字をむやみやたらでたらめに押さないでください（暗証番号システムを破ることはできません）。おとなしく従ってくださらない場合は、錠剤を飲んでいただくことになるかもしれません。あなた用に準備された介護プランに逆らう場合は、錠剤を飲んでいただくことになるかもしれません。錠剤を拒否される場合は、錠剤に加えて、あなたの非協力的態度の程度に応じて注射を打つことになる場合もあります。ため込む（ホーディング）ことは禁止されています。ソックスは必ず履いていていただきます。自室のドアは常に開けたままにしておいてください。ルールを守り、いつも明るい態度でいたならば、当施設のつぎの「今月の入居者様」に選ばれるかもしれませんよ。

あなたのおっしゃる「実生活」（忘れないでください、これが今やあなたの実生活なのです）において「以前」あなたがどういう人間だったかということは、問題ではありません。バスの運転手だったかもしれません（二十三号室のノーマン、過去三十八年間毎日運転していた路線で道がわからなくなった）。あるいは英語学の教授だったのかも（四十一号室のベヴァリー、もはや授業で学生の発言についていけなくなった。シニフィアンとシニフィエの違いとは？）。あるいは、今や名前を思い出せないある主要な州の知事だったのかも（三十三号室のウィリアム。「メインだったかな？」）。あなたは医療事務従事者だったのかもしれません（十七号室のヴェラ、JCペニーのセールで三日続けて夫に同じネクタイを買ってきた。「気に入った？」「すごくいいねえ！」）。あるいは引退した連続ドラマの女優だったのかも（二十七号室のペギー、セリフを忘れてしまったと毎朝慌てふためきながら目を覚ます）。あるいは、単に病気が仕事みたいな人だったのかも（八号室のイーディス、どんな病気でも、かかったことがある）。誰も知らないし、誰も気にしません。なぜならベラヴィスタで重要なのは、今のあなたがどういう人間か、ということだけなのです。

ベラヴィスタの設備環境は、贅沢なものではありませんが快適で清潔です。当方の準個室にはそれぞれベッド二台（高さは調節可能）、サイドテーブル二つ（木製風）、来客用椅子二脚（ビニール）、そしてプライバシーを守る仕切りカーテン一枚（これもビニール）が備え付けられています。あなたの名前とルームメートの名前がラミネート加工を施した一枚のカードに活字体できちんと書かれて部屋のドアの外側にかかっています。部屋の窓から見えるのは、幹線道路の高架下か、従業員専用駐車場の北の端か、この町のぞっとしない裏側のいずれかです。もしもっと広くて日当たりが良く、木々や芝生の見える部屋をお望みなら、料金は割増しになります（自然が見える部屋で暮らしていると、煉瓦の壁しか見えない日の当たらない部屋で暮らすよりも白質（はくしつ）の萎縮が少ないことが、研究結果によってはっきり示されています)。ただの研修医ではなく当方の「一流の医師たち」に診てもらいたいならば、それもまた割増し料金になります。一流の医師は無理だけれど、「ましな」あるいは「そこそこの」、患者に親切な研修医をお望みならば、それもまた料金が割増しとなりますが、一流の医師たちに診てもらう場合ほど高額ではありません。二か月に一度、グッド・ドッグ・ファウンデーションからボランティアのドッグ・セラピー・チームがやってきますが、これは無料です。

もしあなたがもっと違うものを期待していたのなら——細かい織り目のシーツ、特注家具、朝食はオーガニックヨーグルトにグラノーラ、注文すれば三種の生のベリーで作ったソルベが部屋に届けられる——町の反対側にある領主の館（ザ・マナー）にいらっしゃるべきでしたね。あるいは普通にホテルにお泊りになるか。わたしたちに言えるのはただ、申し訳ありません、なんとかできたらいいのですが、お連れ合いさまが「施設から出さないでください」という指示書に署名していらっしゃるので当方にはどうしようもない、ということだけなのです。

だけどわたしにはとても払えない、とお思いかもしれませんね。ご心配には及びません、お連れ合いさまがすでにご自分の退職金口座を解約され、あなたが今後受け取る社会保障給付金を当方に譲渡され、ご自宅を二番抵当に入れて、入居資金に充てていらっしゃいます。つまり、あなたが当施設の優遇レートによる「自費」入居者の場合、ということです。ですがもし、お連れ合いさまがここ何年も投資に失敗なさっていたり、長いあいだ税金が未納だったり、または——三十八号室のロイドのように——オンライン詐欺に引っ掛かって資産をワンクリックで吹っ飛ばしてしまったりしたら（「だけど、彼女は俺を愛してくれてたんだ！」）、あなたは「限られた収入しかない」入居者（医療貧困者）となり、あなたの施設利用料金のほんの雀の涙ほどを政府が補塡してくれます。ですがそれでもなお、ご心配には及びません。世間一般で信じられているのとは異なり、あなたは二流市民と見なされることもありませんし、当施設の「エコノミークラス病棟」（エコノミークラス病棟などというものはありません）で世話されないまま何時間も惨めな状態でほったらかされるといったこともありません。たとえあなたのベッド分が当施設にとっては日々損失になるのであろうとも。なぜならこのベラヴィスタでは、支払い能力のあるなしにかかわらず入居者一人一人に尊厳と敬意をもって接することがわたしたちの誇りなのですから。

もちろん——ここだけの話ですが——わたしたちにもお気に入りはいます。理想的な入居者は、身だしなみがよくて、感じのいい容姿で（魅力的）、できれば女性です。英語を母語とする女性で、気立てのいい人。食欲旺盛で——あなた方が一ポンド痩せるごとに州から罰せられます、それで炭水化物偏重になるのです——でも大食らいではなく。衛生状態は非の打ちどころがなくて。ルームメートとはとてもうまくやっていて、仕切りカーテンの自分の側をきちんと整えて食べかす一つ落ちていなくて。五分おきに名札を剝がしてしまうこともなく（「自分が誰かは知ってますってば」）、暗くなってから自分のベッドでひとり変な声を出すのをやめようとしなかったりすることもなく。「今日はメロンはあるの？」とか「うちの娘はどこ？」などと繰り返し訊ねることもせず。じつのところ、一切なんの質問もしません。従順で好奇心を持たず、おとなしいといってもいいくらい。「従うタイプ」です。家族は、もしいるとしても、忙しすぎて介護状況をちゃんと監視する暇はないけれど、年に一度気前よく寄付はしてくれる、みたいな。

あなたがいつまでここにいるか？　手短に言えば、場合によりけりです。数日のこともあれば、数年のことも、数時間のことも、あるいは――ＰＳＥＮ４ｂ遺伝子キャリアの三号室のゴードンのように――人生の半分以上になるかもしれません。理想を言えば、いつまでもここにいらっしゃるといいのですが。でも現実は、そうはいきません。早いうちにここを出て病院に移り、そのまま帰ってこない方々もいます。なんの前触れもなく真夜中にひっそりといなくなる方もいます。でも大半は、我慢づよく穏やかに、寿命が尽きるまでわたしたちのもとにいらっしゃいます。

現在のところ病気の進行を止められる治療法はありませんが、どうぞご安心ください、科学者たちは一日二十四時間、週に七日、あなたの症例を研究しています。今や治療法はいつ確立されてもおかしくないと言われています。**第Ⅲ相試験**（実際の医療に近い形で有効性を調べる最終段階の臨床試験）**を月曜に開始します。**あるいは、もうすでに治療法は見つかっているものの、十七番染色体に特定の遺伝子突然変異のある人にしか効かないのかもしれません、残念ながら、あなたをはじめ世界の人口の九十七・二パーセントにはないものです。あるいはもしかしたら、治療法はあるけれど、効果は数か月しか続かず、しかもオランダにおける横断的及び縦断的研究（「ロッテルダム研究」）で選ばれた少数の人々だけのためのもので、今のところ他の研究所で再現することはできないのかもしれません。**データ・ポイントがばらばらなんだ。**あるいは、治療法はないのかもしれません。あるいは、あるけれども、ここぞという治療の時期を逃したら効果がないのかもしれません。**あなたにはもう遅すぎます。**スタンフォード大学の疫学及び発生神経生物学教授ラジェス（「レイ」）・カプールいわく「なかなかの難問です」。東京大学の国民脳健康センターの上級研究員タカシ・ウエマツによると、「我々は転換点の間際に近づきつつあります」。カロリンスカ研究所の臨床生化学者イングマール・ビョークホルムに言わせると、「正直なところ？　相変わらず見当もつきませんよ」。

折に触れて、姿なき心地よい声がインターコムから流れ出して廊下に響くのを耳にされるかもしれません。「主任は直ちに全員集合！　主任は直ちに全員集合！」。これは当施設の所長ナンシー・レーマン＝ヘイズ博士（または「ドクター・ナンシー」）の声です。ドクター・ナンシーは、税の優遇措置がある遠くの州のよくあるガラス張りのビルに位置する法人の直属です。モノグラムのハンドバッグを持っていて、年収は四十万ドルを越えています。彼女の主な責務は株主を満足させておくことです。彼女の好きな言葉は「指標」。口に出さないマントラは「空きベッドをつくらない」です。彼女の唯一の——そしてもっとも貴重な——商品は、あなたです。ドクター・ナンシーは月曜から木曜まで、午前十時から午後四時までは執務室にいて、最新の営業報告書をじっくり読んでいます。机の上には、彼女のまだ幼い三人の愛らしい子どもたちが太陽の下ではしゃいでいる二枚の額入り写真が、外側に向けて並んでいます。ドクター・ナンシーとの面会を予約したいなら、まずドクターの広報担当メリッサに話してください。メリッサは、用務員のフワンを除くここで働く他の全員と同じく、女性です。メリッサは月曜から金曜まで顧客獲得オフィスの奥で、新規の見込み客に電話しています。**自分の母親を入れるならここですね！**メリッサと話そうと思ったら、まず彼女のアシスタントのブリタニーに頼んでください、いたりいなかったりですが。覚えておいてください、ドクター・ナンシーはベラヴィスタの対外的な顔です。ドクター・ナンシーを馬鹿にしてはいけません。もしドクター・ナンシーを馬鹿にしたりしたら、不服従報告書で取り上げられ、当施設の行動管理担当者があなたにしかるべく対応することになるやもしれません。

ここでの初日について、ちょっとした助言を。お連れ合いには「心配しないで、わたしはだいじょうぶだから」とか「あなたは頑張ってくれたじゃないの」とか言っておいて、スーツケースを持って、担当の出迎え係について速やかに廊下を自分の部屋へ向かってください。振り返ってはいけません。廊下の窓へ駆け寄って、ゆっくりと去っていくお連れ合いの車に向かって必死に手を振ったりしてはいけません（向こうからはあなたの姿は見えません）。もっとこうしていれば、ということがあったのではないか、などと訊ねないでください（何もありません）、あるいは、こうして「いなくなって」しまったというのに、プール更衣室の女性仲間たちにあなたがもう来られないと誰が説明してくれるのだろうか、などとは（誰もしません、皆もう知っています）。**捨てられた、**と思ってはいけません。**さっさと処分されたんだ、**と思ってはいけません。**群れから間引かれた、**と思ってはいけません。そんなことは考えずに、スーツケースを下ろして新しいルームメートに自己紹介するのです。サービスのアメニティ・セット（リップクリーム、綿棒、滑らないゴム底のウルトラソフトソックス）を開けてください。納得しているふりをしてください。

四十年以上も寝室が三つある広い家でお連れ合いと暮らしてきたあなたは、これからは赤の他人から四フィートしか離れていないところで眠ることになります。同室の彼女は退職した元教師かもしれません。「一枚とってまわしてください、一枚とってまわしてください」。あるいはいつも親身に話を聞こうとする元ホテル支配人かもしれません。「お腹立ちはごもっともです」。盗人かもしれません。けっしておしゃべりをやめない人かもしれません。結局はあなたが持ったことのなかった親友になるのかもしれません。もし彼女の歯ぎしりで一晩じゅう眠れないようならば、耳栓をしてください（アメニティ・セットを見てくださいね）。仕切りカーテンの開け閉めに関する全支配権を彼女が要求したら、交替にしましょうと言ってみてください。もし彼女が記憶のお手伝い係（メモリー・マインダー）に、あなたばかり「あんなにたくさんのお花」を貰っていると不満を訴えるなら、あなたのお花をちょっとあげましょう。彼女に恥をかかせてはいけません。歩み寄るようにしましょう。仲良くやっていけるよう全力を尽くしてください。手工芸の時間のあとは娯楽室の窓の傍に彼女とすわりましょう。雲が空をゆっくりと流れていくのを眺めましょう。夜の帳が降りてくるのを待ちましょう。ドアのことは考えないようにしましょう（外へ通じるドアはすべて二重のデッドボルトと警報器つきです）。彼女もまた、どこかほかの場所から来たのだということを忘れないでください。

どうぞ心に留めておいてください、慣れるのに時間がかかるのは当たり前のことです。ですが、もし一か月経ってもまだルームメートとこれ以上一分たりともいっしょに過ごすのは我慢ならないというお気持ちならば、「移動願い（リクエスト・フォー・トランスファー）（RFT）」をベッド割り当て委員会に提出することができます、そうすれば、適当な空きができたときに連絡が来ます（ベラヴィスタのような場所では「入れ替え」があるのです）。RFTは三回が上限で、それ以上になると、不適応、変化に馴染まないとのレッテルを貼られるか、悪くすると再調整（リフォーカス）ルーム（これについては訊かないでください）へ送られます。

これまでの生活用品でベラヴィスタでは無用となるのは、つぎのようなものです。スーパーのラルフスの期限切れになったポイントカード（また食料品を買いに行くことは、当分ありません）、裏側に白い雲の模様のある特大強化傘（「現実の天候」に直面することもしばらくはありません）、結婚指輪（必ず数日のうちになくなります）、ナイロンのキルティング・ジャケット（室内暮らしに必要な衣服のみにしてください、ベラヴィスタの日中の温度は一年を通じて常に摂氏二十二度です）、あなたが大事にしている何の役にも立たない紐の切れ端コレクション（ノー・コメント）、一週間単位で予定を書き込む手帳（これからはあなたの毎日の予定は予め決められています）。ぬいぐるみもまた推奨されません（ここは幼稚園ではありません）、そしてまた、過去五年間にあなたご自身が作った芸術作品もすべて。窓台に写真を置いてはいけません（窓台はすっきりきれいにしておくことになっています）。小型冷蔵庫は禁止です。「外部」の家具は禁止です。ベッドの上方に十字架を飾るのはやめてください（この施設では宗教的なものは置かないことになっていますし、押しピンの使用は一切禁じられています）。

正直なところ。ベラヴィスタではすべての物が見かけどおりというわけではありません。ベッド脇のテーブルにボルトで固定されている目覚まし時計は、動きを感知する監視カメラです。赤い透明のサニーカップは水分補給トラッカーです。照明スイッチの下の温度自動調節器はマイクロホンです。あなたが足首に着けているスタイリッシュな銀のアンクルブレスレットは予備の位置情報報装置です。夕食の皿のアップルソースには摂取していただく薬が含まれています。マッシュポテトやときおり出されるバナナのぶつ切りも同様です。浴室の床の素敵な敷物は転倒時衝撃吸収マットです。あなたの「パーソナル・トレーナー」は理学療法士です。彼女のにこやかな挨拶——「お元気そうですね！」——は、あなたを力づけるためのものです。あなたの部屋の窓の外にいる庭師は警備員です。そして、浴室の鏡からあなたを見返しているちょっと途方に暮れた顔の女性は？　それはあなたです。

月に一度三分間やってきて、あなたの投薬計画に承認の署名をしてからカルテを閉じ（「また会えてよかった」）、そしてせかせかとドアから出ていく（「つぎ行こう！」）あなたの主治医を除いて、あなたの世話をするのはもっぱら疲れ果てた中年の、白人ではない女性たちで、現金収入の乏しい国々出身の彼女たちは家賃を賄うために二つか三つの仕事を掛け持ちしています。彼女たちは、血圧は高く、背中は痛み、何年も歯医者へ行っていません。彼女たちが真夜中に毛布を掛け直しにきてくれたら、お礼を言うのを忘れないでください。「ここにいてちょうだい」とあなたは言うのでしょうね（メモリー・マインダーたちは常に「勤務中」なのです）。翌朝談話室であなたに挨拶するときに、彼女たちが書類仕事から顔を上げる暇がなくても気を悪くしてはいけません。**記録されていないことは、起こらなかったのです。**できれば彼女たちの毎日が楽になるようにしてあげてください。最低限の賃金であなたに優しくしてくれているのですから。

これからは――運が良ければ――丸一日をつぶさなくてはなりません。しまいには十一号室のミリアムみたいに過ごすようになるかもしれませんね、何時間もぶっ続けに絶え間なく廊下を歩きまわって。「誰かわたしのヘアブラシ見なかった？」。あるいは、足取りが遅くなって不均衡に足を引きずって歩くようになるかもしれません。あるいは、毎日昼食後はお腹の具合が落ち着いてくるまで窓のところに立って、車が通り過ぎるのを眺めていることにしようと思うかもしれませんね（当施設の男性居住者の多くが、こんなふうに時間を過ごすことを好んでいます）。「あの男、ぜったい信号に間に合わないな」。しかしながら、原則として、起きているあいだの自由時間のほぼ三十二パーセントは何もせずに過ごすことになるのではないかと思われます、自由時間の三十六パーセントはほとんど何もしないで過ごし、残りの自由時間は適当なグループ活動に費やされることとなります、たとえば、輪になってお話を聞いたり歌ったりする「サークル・タイム」（任意、ただし強く推奨）、「知育ゲーム」（強制的）、「頭に集中頭脳ゲーム」や、ぱっと具体的に自由に思い浮かべる「思い出してみましょうゲーム」などです。追加料金がかかりますが、個別の音楽セラピー（人間の心臓の鼓動を模するアフリカン・ボンゴ）、数分で体内時計リセット間違いなしの青色光セラピー（このプログラムは、施設全体に調節可能なＬＥＤ照明を導入する計画が完了するまで、当面休止中）、それにニューロ・コーチ、デビーによるマンツーマンの脳活性化セッション（海馬の自己刺激、モンテッソーリ教育法をベースとしたカテゴリー分類訓練、昔懐かしの記憶力強化フラッシュカードを組み合わせたもので、失われたり衰えたり、あるいは――最悪の場合――完全に消えてしまったシナプスのスパークを一時的に蘇らせる手助けをすべく、すべて個々人に合わせて考えられたもの）もあります。一人で楽しむ活動、ビーズ「細工」、おとなしく線のあいだに色を塗っていく、図書室で読書の真似事、などといったことも当然ながら心を落ち着かせますし、鎮静効果があると言ってもいいくらいで、強く奨励されます。

あなたの主たる活動は、もちろん、待つことです。薬が効いてくるのを待つ。「午後のおやつ」を待つ。フレンチフライ・フライデーを待つ。誕生日を待つ（昼食時、砂糖衣をかけたカップケーキの上にローソクが一本）。月に一度施設内美容院のミス・シャロンを予約して髪を整えてもらうのを待つ。「揃えるだけにしてね」なんて言ったりして。娘さんからのつぎの電話を待つ（「わたしは元気よ！」って言うのでしょう）。どんなことでもいいから思いやりあふれるちょっとした行為を待ち受ける。肩に手を置いてもらう。手首を軽くたたかれる。ハグ。ぎゅっと抱きしめられる。ウィンク。頷いてもらう。誰かが横で身をかがめて目をまっすぐにのぞきこんでこう言ってくれる、「なにもかも、だいじょうぶだからね」（昔のあなたならこんなことを言われたら「あんた自分が何しゃべってるかぜんぜんわかってないでしょ」と返していたことでしょう）。そして最後に大事なこと、眠りという甘やかな忘却を。

ベラヴィスタの夜はきっかり八時に、各部屋同時に常夜灯が点灯すると始まり（この先二度と完全な闇は体験できません）、室温が下がっていきます。夜の投薬は八時半。十時消灯。各部屋の確認は十一時。深夜の巡回は一時に始まります。午前三時にベッドで目をぱっちり開けて天井の細長い明かりを見上げているようなら（何がまずかったんだろう？）、当施設の「睡眠メニュー」から何か「注文」なさってはいかがでしょう、最適な眠りに導かれるよう考案された幅広い商品が提供されています（商品はすべて「アラカルト」として毎月の明細請求書に記載させていただきます）。振動アイマスク、徐波ヘッドバンド、感熱性「クール」ハット、あなたにとって最初で最高のベッドだった子宮を思い出させる包み込まれるような感覚が間違いなく味わえる加重フリースブランケット。ですが、グラハムクラッカーとジュースは入手できません（当施設の「夜間は食べ物禁止」規則をご覧ください）。また、つまらないベッドタイム・ストーリーや脈に垂らすオイル、優しく寄り添ったり触れたりもありませんし、残念ながら、「夫枕」もありません。

ときおり、善意ある家族や友人、元同僚が勝手にやってきてあなたの部屋の戸口に姿を見せるかもしれません。「トントン！」。こういう人はいわゆる「見舞客」です。ビジターは集まってやってきます、集団で（あなたのプール時代の「女友だち」）。ぽつんぽつんと一人でやってきます、仕事のまえやあとに（お友だちのシルヴィア）、そして昼休みに（お友だちのマージョリー）、あるいは発作的に罪の意識にかられて（娘）、ショッピングモールの帰り道に。「ハイ、ママ！」。年に一度ロンドンから飛行機でやってきます（長男）、そしてニューヨークからも（次男）。スーパーで買った砂糖不使用クッキーの箱を持ってやってきます（夫）。同じスーパーの古くなった白ユリの花束（「いい」花屋は閉まっていた）を持って。あなたの庭の新鮮なバジルの小枝を持って。あの庭をあなたが目にすることはもうないでしょう。「目を閉じて嗅いでみて」。彼らは体を近づけて問いかけます、「わたしが誰かわかる？」と、まるであなたがまったくの馬鹿であるかのように（あなたはまったくの馬鹿ではありません）。天気の話をします（「暑くって！」）。車での道中の話を（「楽しかったよ！」）。あなたがいかに元気そうに見えることか、午前半ばの投薬の影響でほんのちょっとばかり体が傾いではいるものの。わたしたち職員がちゃんと世話してくれているか訊ねます（正しい答えは「もちろん」です）。彼らは職員に話しかけます。花を褒めます。その週のメニューをしげしげ眺めます。事情のわかった質問をします。「これは食べ物なんですか？」。彼らはしばしば文句を言います。なぜあなたのブラウスのボタンは留められていないのか？　あなたの眼鏡はどこへ行ったのか？　そして、あなたのお気に入りの絹のスカーフがルームメートのベッドの下で丸まって埃まみれになっているのはどういうことなのか？　ですがしばらくすると、彼らは無口になります。腕時計にちらちら目をやります。携帯電話をチェックします。立ち上がります。伸びをします。それから、もちろん彼らはあなたのもとから去っていきます。戻らなくてはならない職場が、返信しなければならないメールが、保護しなければならない熱帯雨林が、出なくてはならないバイクエクササイズのレッスンがあるのです。こういう人たちは忙しいのです。忙しい、忙しい、忙しい！　「もっと長くいたいんだけど」と彼らは言います。あるいは、「愛してるからね！」。そしてあなたは密かに腹を立てている自分に気づきます。**なら行かないで！**　でもあなたの口から出てくるのは「また会いにきてね」。

「安静時間」（木曜の午後三時から四時まで）でないかぎり、テレビは常につけっぱなしにしておかなくてはなりません。たとえあなたが自室にいなくても、テレビはつけっぱなしにしておかなくてはなりません。たとえ自室にはいるもののニュースキャスターが何をしゃべっているのかわからなくて、もしかしてインチキ外国語なんじゃないかと疑いたくなっても（**わかりやすい英**

語でお願い！　とあなたは画面に向かって叫んでしまうかもしれませんね）、テレビはつけっぱなしにしておかなくてはなりません。たとえニュースキャスターが何をしゃべっているか理解はできるものの、そのニュースたるや――リアルタイムで起こっている学校での銃乱射事件、原子炉のメルトダウン、殺人蜜蜂（キラー・ビー）の襲来、遠い石油王国における石打刑や斬首――心をかき乱されるあまり一番上等のドレスを着て窓から飛び降りたくなるのに、まえにお話ししたとおり窓は――どうしてそうなっているのかこれでおわかりになったでしょうが――開かないといった状況ではあっても、テレビはつけっぱなしにしておかなくてはなりません。たとえあなたが眠っていても、幻覚を起こしていても、譫妄状態でも、電話中、あるいは――滅相もないことながら――緊張病を発症していても、テレビはつけっぱなしにしておかなくてはなりません（最後の場合は、もちろん、音量は低くして）。なぜならテレビはあなたがたの娯楽のためにあるのではなく、ここの職員の娯楽用なのです。職員の姿を見かけそうな場所ならどこでも、まず間違いなくテレビを見かけることでしょう。食堂でも（「手を洗いましたか？」という表示の横）、理学療法室でも（抗重力トレッドミルの上方）、あなたの部屋でも（ベッドの数インチ上、可動式アームの端にのせられて）、それにもちろん、必要もないのに「テレビ・ルーム」と名付けられた部屋でも（巨大な薄型テレビがハンドジェル・ディスペンサーの上の壁に取り付けられて）、じつはこの部屋は、経営側の承認を待ってすぐに「マルチメディア・ルーム」と名称が変わることになっています（コンピュータ一台、テレビが一台、柳細工のバスケットいっぱいの先月の雑誌）。なんといっても、ベラヴィスタではすべての部屋が、言ってみれば「テレビ・ルーム」なのですから。

唯一の例外がロビーです。ロビー——レザーのラウンジチェア、豪華な花、サービスの果物が盛られた鉢、ドクター・ナンシーが自ら選んだ、趣味よく額装された印象的な白黒の風景写真——はテレビのない空間で、入居者候補とその家族のために静寂と敬意が保たれています。ロビーで唯一聞こえるのは、新たに到着してロビーにやってきた客が受付でロビー大使（アンバサダー）と交わすちょっとした会話（「ここはなかなかゴージャスですね」）、そして後ろのほうから聞こえる、ちらちら揺らめく「水の壁」の心休まるぴちゃぴちゃいう音だけなのです。入居者はロビーへは立入禁止です。

ほかに入居者が立入を禁止されている場所は、職員休憩室、薬剤室、自動販売機コーナー（入居者は常に各自の栄養目標を守ることが奨励されます）、奥のオフィス、表のオフィス、ギフトショップ、家族懇談室（あなたの「外の」家族はどなたでもあなたのチームの懇談会に参加できますが、ご自身は駄目です）、そしてUVカット効果のある着色ガラスの向こう側すべて（緑の芝生はビジターのみです）。

言葉遣いについて。ここではわたしたちは「あなたの状態は悪化しています」ではなく「一連の流れのなかの今のあなたの状態」と言います。「だけど彼女、まったく普通に見える！」ではなく、あの人は「発症まえの状態」だと言います。それに、「そろそろ薬の量を増やしましょう」ではなく、「これをつぎの段階に進めましょう」とか。わたしたちが扱いたくない問題は「取るに足りない問題」として、「さらなる研究と検討」のために「介護の質検討会」へまわします。重大な衛生規範違反は「一度だけの過ち」です。「外部」の人たちは「健常者」。窓のある部屋は「サン・ルーム」と呼ばれます（「談話室（デイ・ルーム）」と混同されないように）。わたしたちは決まり文句はぜったい口にしません、たとえば、「これしきのこと、きっと切り抜けられますよ」とか「明日はもっといい日になります」（わたしたちは思いやりのある嘘をよしとしません）。そしてまた、けっしてあなたのことを「かわいい人（スイーティー）」とも「三十七号ベッドB」とも「二十一号室のイヴァロ変異の保因者」とも呼びません。わたしたちはあなたのことを、ただ単に名前で呼びます。

そのほかわたしたちがしないこと。わたしたちはあなたに簡単に諦めさせはしません、さっさと顔を壁に向けてしまうようなことはさせません（あなたは最後の最後まで「ちゃんと歩み続け」なくてはなりません）。日々の生活の当たり前のことができたからといっていちいち褒めたりはしませんし、不自然に陽気な口調で話しかけたりもしません。世間で言われているのとは違って、あなたに見切りをつけたりはしません。あなたが活き活きと元気に過ごせるような、良い刺激はあっても要求が過剰にならない環境を提供します。相手の名前が出てこなくて苦労しているときに、わかっている「ふりをする（マスキング）」ことやそれらしく頷いてみせることはもう必要ありません。**アビー。ベティー。クララ？**　おうむ返しは必要ありません。「お元気ですか？」「お元気ですか？」。自分用のメモを家じゅうに貼ることはもう必要ありません。**ソックスが先、それから靴。**そこそこの言葉でいいのに、ぴったりな言葉を探そうと頭を絞ることはもう必要ありません。**違いがわかっちゃうかしら？**（はい、わかります）。ベラヴィスタでは、あの黄色いポストイットのメモや記憶を助けるさまざまな手立てとはもうさよならできます、そして、発症以来初めて、あなたは警戒を解いて、仲間のなかでくつろげるのです。なんといってもここベラヴィスタでは、誰もがわかっているのですから。

同様の疾患を抱える多くの人のように、あなたもなぜか突然木々が好きになるかもしれませんね。なぜそうなるのかわたしたちにはわからないのですが。かつての、「昔の生活」では「木が好きなタイプ」ではなかったとしても、ある朝目が覚めるや窓の外のスズカケノキにこれまでにない深い称賛の念を感じたりするかもしれません（つまり、幸運にも自然が眺められる部屋だったならば）。「あれを見てよ」などと言うかもしれませんね、それまで何も見たことがなかったかのように。それとももしかしたらあなたはずっと考え方としては自然愛好家で、いつもハイキングに出かけようと思っていて——子どもたちをミューア・ウッズ国定公園へ連れて行こうと思っていた！——でも、行かないまま年を取ってしまったのかもしれません。**忘れてたの！**　そして今ではここでこうして、窓際の椅子に座って「あなたの」木をじっとうっとり眺めている——格好の良い緑の樹冠、ベルベットのような黒い影、しなやかにカーヴした幹、いかにも木の皮らしい茶色の樹皮。「見て、見て」とあなたは言います。「ほらね？」。あなたは恋に落ちたのです——ついに——木と。毎朝目が覚めるや、カーテンを開けてあなたの木がまだちゃんとそこにあるか「確認」します。そして毎朝、嬉しくも喜ばしいことに、木はそこにあります。そして毎晩、ベッドへ入る直前に、あなたはあの見慣れてはいるけれど謎めいたシルエットを最後にもう一度眺めます。**ちゃんとある！**　死ぬまでずっとこの木を眺めていたっていい、と思われることでしょう——実際にそうしてきたではないか、と思われることもあるでしょう——そして、それでじゅうぶんではないか、と。美を理解して。充実した人生。あなたは至高の核心を垣間見たことになるのです。

ですがもしUPSストア（配送、印刷などのビジネスサービスのチェーン店）の裏側が見える部屋を割り当てられてしまったら、ごくわずかとは言えない料金で、喜んで「ヴァーチャル窓（ウィンドウ）」を据え付けさせていただきます、実物を見ているようなロングショットで捉えた木々の映像が映し出され、サイズや形はお好みで選択できます。さらにより実物に近いものをお望みならば、当施設でもっとも人気があるヴァーチャル緑空間オプションを検討なさるのもいいかもしれません。「自然な」速度で「成長」する奥行感覚が増強された「リアルタイム樹木」です。また、あなたが後にしてきたばかりのご自宅から見たお庭の眺めを「再現」することも可能です。**送電線を忘れないでね！**　などとご指示いただいて。あるいは、もしお望みならば、子ども時代の寝室の窓から見えたあなたのお母さまの柿の木の姿を再生することさえできます。そして、ヴァーチャルは手が届かないというのであれば、わたしたちは喜んで「デイヴの芝生と庭園の店」へ電話して鉢植えの植物を注文します。

年間で最悪の時期のひとつが、ひどく怖気をふるわれている「キャロル・ウィーク」でしょう――当施設の運営側が定める全員参加の歌の集いで、その間はずっと続けて、押しつけがましい、ときに馬鹿にするような(「ここにいるのはみんな頭のおかしい人ばっかり」)歌いっぷりの歌を、一日に八、九、十時間聞かされることになります。食事の時間には盲目のアコーディオン弾きたちがノンストップであなたのためにセレナーデを奏でます。廊下ではゴスペル合唱団が幾組もあなたに耳を傾けてもらおうと競い合い、いっしょに楽しく歌いましょうと誘います。小さなカブスカウトたちのグループが幾つも居間であなたをとり囲んで大声で歌います、**ジングルベル・ジングルベル・ジングルベルロック**。「いやだ、またなの」。わたしたちからの助言です。ゆったりすわって、くつろいで、音楽が入ってくるに任せましょう。なんといっても、あなたを相手に良い仕事をしたと思いながら家に帰ることほど、こうした人たちを幸せな気分にさせることはないのですから。そして最後の聖歌歌いが施設の建物から出ていって、バカ騒ぎがついに止むと、ベラヴィスタのいつもの騒音がこれほど耳に心地よく響くことはないでしょう。呼び鈴の気持ちのいい金属音、電話が盛んに鳴る音(**あなたによ!**)、頭上の蛍光灯が陽気な躁状態でブンブン鳴る音、誕生日や記念日を告げたり、ただ単に「活動はこれで終わりました、みなさん、ご自分の部屋へ戻ってください」と言ったりする、インターコムから流れる生活改善(ライフ・エンリッチメント)マネージャー、ジェシカの甲高いけれど愛想のいい声。

ときには――夕暮れ、日曜の夜、冬のさなか――とつぜん、家に帰りたいという強い思いが体に満ち溢れてどうしようもなくなることがあるかもしれません。なんとか、とあなたは独りごちます、最後にもう一度だけ夫とテレビの前のみっともない茶色のソファにすわって、残り物の冷めたローメンを食べたい。もうそれだけでじゅうぶん。**一日だけ普通の日を**。そうしたら、とあなたは呟きます、喜んで戻ってくるから（というのも、あなたは気づき始めているからです、**ここってそんなに悪くないじゃないの**）。そこであなたはバッグとサンダルを摑み、口紅を塗って、廊下の端の非常口へと向かいます。「すぐ戻ってきますから」と自分のメモリー・チームに気軽にそう声を掛けます、病院の検査室からちょっと出かけて急いで何か食べてくるかのように。でも思い出してください、あなたは検査室にいるのではありません。検査室で働いていたのはほぼ五十年まえのことです。あなたがいるのはベラヴィスタです。ベラヴィスタはあなたの終点なのです。ラインの終わりなのです。なんのライン？とお訊ねになるかもしれませんね。ずっと昔、あなたの誕生という幸せな出来事で始まったラインです。**女の子ですよ！**　でもご安心ください。すぐにベラヴィスタが自分の家のように、あなたのメモリー・チームが「第二の家族」のように思えてくることでしょう。じつのところすぐに、「第一の家族」のことはすっかり忘れてしまい、まるでずっとここで暮らしてきたかのように思えてくることでしょう（そしてもしかすると、なんらかの宇宙の摂理においては、そうだったのかもしれません）。じつのところすぐに、あなたは自分の家で暮らしていることになるのです。

思いがけないときに、突如不安に駆られることがあるかもしれません。ある夜ふけ、眠れないまま横になって、キッチンのクラムケーキを切らしてしまうと気に病んだり。あるいは、夫がミートローフを解凍するのを忘れたんじゃないかと心配になったり。**あの人、餓死しちゃう！**　あるいは、あなたの最後まで残っていたセーター、青いケーブル編みで、跳ねる二頭の雄鹿の模様入りのあなたがいつも貶すのを楽しんでいた——「すごくみっともないったら！」——あれが、クリーニング店から二度と戻ってこないのではないか、とか。日記をつけるのを忘れていたんじゃないかと気になったり（この年月ずっと記録をつけておくべきでした）。あるいは娘に新しい靴が必要なんじゃないか、とか。あるいはあなたのルームメート、なぜと説明はできないながら好きになってきた彼女——「あの人、一日中ただ横になっているだけで何もしないの」——が夜中にとつぜん連れていかれてしまうのではないか、とか。自分は間違った部屋にいるのではないかと心配になるかもしれません。間違ったベッドなのでは。間違った暮らしなのでは。外の世界のあの暮らしはあなたなしでそのまま進み続けているのではないか、と（そのとおり）。あなたは望まれていないのではないか、と（望まれています）。自分は具合がよくないのではないか、と（具合がよくはありません）。いなくても寂しがられていないのではないか、と（いいえ、寂しがられていますよ、あなたが思いもよらないほどに）。

日が経つにつれ、あなたはさらにどんどん忘れはじめます。戦時下での悲惨な子ども時代を。京都のさまざまな美しい庭園を。四月の雨のにおいを。ついさっき朝食に何を食べたかを。**クリーム・オブ・ウィート**（小麦粉をクリーム状にしたもの）**にソーセージとトースト。**四十三年前の車の事故、大好きだったいとこのロイが死んだあのときのことを。あなたは夫と初めて会った日のことを忘れてしまうでしょう。**彼、きっと一週間で去っていくと思ってたの。**あなたが欲しくてたまらなかった完璧な赤ちゃん。代わりに得た障害のある子ども。来る日も来る日も、くる年もくる年もあのプールでコースを行ったり来たり泳いだこと。自転車をなんて言うか、忘れることでしょう。魚を。石を。草の色を。**小川**（ストリーム）**、みたいな感じの。**そして記憶がひとつずつなくなっていくにつれて、自分がどんどん軽くなっていくように感じます。すぐに完全にからっぽに、虚空になって、生まれて初めて、あなたは自由になります。世界中の意識の高い瞑想者が切望するあの境地を獲得するのです――まったく完全に「今このとき」に生きるようになるのです。

ですがときおり、調子の良い日、それどころか調子の良い一週間があるかもしれません。霧が晴れます。記憶が戻ってきます。ごちゃごちゃになっていた思考が、なぜか不思議にも再びちゃんと理路整然とした正しい構文の文章になります。**それはそうと、わたしは誰の部屋にいるのかしら？**　そしてあなたの家族は――ハレルヤ！――喜びます。**薬が効いてるんだ！**　二週間か三週間したら、元のあなたに戻るだろう、と彼らは予測します。あるいはもしかしたら――そういうことだってあるのです――一万人に一人の誤診されたケースだったとか。**最初からずっとビタ**

ミンD欠乏症だったんだ！　騙されてはいけません。「症状改善」はつかの間の一時的なものです。あなたの衰えはほんのちょっとの間止まっているにすぎません。ここベラヴィスタでは「横這い状態（プラトー）」と呼ぶのが好まれる時期にきているのです。明日、あるいは翌週、もしかして今から数分後、あなたの認知能力の下降は再開し、またも霧が降りてきます。

　ほかに予測できること？　やがて、あなたの目は鈍く、どんよりと生気がなく虚ろになり、それから、しまいには何の感情も浮かばなくなります。骨は細くなり、髪はぱさぱさになります。歯は、もしまだあるならば黄色くなって、それから茶色くなります。歯はときどきしか磨いてもらえません。ブリッジの下をデンタルフロスで掃除することなど誰も覚えていてはくれません。**歯の治療にかけた大金がぜんぶ無駄に。**あなたの声はおずおずした調子になります。しゃべる内容がつまらなくなってきます。そしてある日、誰も、あなたのことをもっともよくわかっているメモリー・マインダーでさえも予測できないある一瞬、あなたは最後の言葉を口にします。それは「はい」かもしれませんし、「ジュース！」かもしれません。あるいはただ単ににっこりして、三回瞬きして、それから肩をすくめて言うのかもしれません、「はあ」。そしてそれでおしまい、もう誰も二度とあなたの言葉を聞くことはありません。**彼女、あっちへ行っちゃったね、**とわたしたちは言います。ですが、その日はまだまだ先です。

「どうしてわたしはまたここにいるのかしら？」あなたは折に触れてわたしたちにそう訊ねるこ

とになるかもしれませんね。そんなときには優しく穏やかにあなたに思い出させましょう。なぜなら、「どうもいつものあなたじゃない」とあなたの夫が最近気づきはじめたからなのです。**ならばいったいわたしは誰よ？**　とあなたは夫に訊ねましたよね。なぜなら、医師があなたに放射線染料を注射したら、PETスキャンがクリスマスツリーのように光ったからです。なぜなら、MRIの結果が病変だらけだったからです。なぜなら、ある朝あなたが目覚めると頭がどうも「変」に感じられたからです。なぜなら、九か月経ってようやくあなたの家族のもとに電話がかかってきたからです。**ベッドが空きました。**なぜなら、ほかのみんなと同じく、あなたもまた年を取ったからです。**あなたの番ですよ。**なぜなら、さきほどお話ししたように、あなたがテストで失敗したからです。**なぜなら。**

下部に署名していただくことにより、今お話ししたことすべてをあなたはでき得るかぎり理解し、当施設の利用規約に従うと同意したことになります。何か質問がありましたら添付の白紙に書き込んでください、そうすれば、担当のメモリー・チームの誰かができるだけ迅速にお答えします。お訊ねになりたいのは、たとえばこんなことでしょうか。今日は何日？（現実見当識訓練（リアリティ・オリエンテーション）のホワイトボードを見てください）。外のお天気は？（窓を見てください）。そして、おやつは何？（カテージチーズを塗ったメルバ・トーストです）。こんな質問はなさらないかもしれませんが。子どもたちは誰が引き取ってくれたの？（子どもたちは引き取られていません）。これで全部？（つぎの質問をどうぞ）。わたしがここを出たらどうなるの？（お名前が当施設のデータベースから削除されます)。それから、わたしがいなくなったらみんなわたしのことをなんて言うかしら?(「水泳に熱心」「車の運転はいまいち」「素晴らしい母親」「最愛の人」)。

当施設で楽しく過ごされることを願っております、そして、ベラヴィスタを選んでくださったことに重ねて感謝いたします。

ユーロニューロ

彼女の物忘れが始まったそもそもの原因はなんだったのだろう？　とあなたは考える。彼女の頭皮が二週間真っ赤になってしまった、あの白髪染めに入っていた化学薬品だろうか？　彼女が三十年以上、一日に二回、ときには三回使っていたヘアスプレイ（アクアネット）に何か有毒なものが含まれていたのだろうか？　**息を止めて！**と言いながらノズルを押し、冷たい白い霧に包まれていたっけ。アリを一匹見かけたらすぐさまキッチンカウンターじゅうに噴射していた殺虫剤、レイドのせいだろうか？　孤発性（こはっせい）のものだったのだろうか？　遺伝性？　一連の軽い脳卒中のせい？　飲み水に入っていた何かのせい？　アルミニウム配合の制汗剤？　睡眠時間が少なすぎた（結婚したその日からずっと彼女はあなたの父親の鼾について愚痴をこぼしてきた）？　テレビの見過ぎ？　趣味がなさすぎ？　**趣味ねえ、**と彼女はあなたに言ったことがあった、**趣味のための時間なんて、どこにあるのよ？**　もっとブルーベリーを食べるべきだった？　バターを減らしていたらよかった？　もっと本を読んでいれば？　一冊でも読んでおけば（たとえ一冊でも彼女が本を読んでいるところなど、あなたは見た覚えがない、ナイトテーブルにはいつも、片方だけになった靴下の山の隣に彼女が読むつもりでいた本がうずたかく積まれてはいたけれど。『アイムオーケー、ユーアーオーケー』『十代の子どもと話すには』『一週間で身につくフランス語』）？　閉経のあとのホルモン補充療法のせい？　エストラジオール？　プロベラ？　高血圧のせい？　高血圧の薬のせい？　あの診断未確定の甲状腺疾患のせい？　自分の母親があと三日で百一歳というときに亡くなった翌年に彼女が陥った、長引く重い鬱状態のせい？　**わたし、これから何をすればいいの？**　と彼女は言っていた。あなたのせい？

あなたはめったに電話しなかった。子どもは持ったことがない（そして、四十四歳だったとき——**遅すぎる！**——の、ちょっとのあいだ婚約していた男との思いがけない突然の別離のあとのほんの五か月間を除いて、子どもが欲しいと思ったことはなかった）。あなたは早い時期に家を出て遠い都市へ移り住み、滅多に戻ってこなかった、そして帰省したときには子ども時代の部屋（のちには彼女の部屋になった）に直行し、黙ってドアを閉めてしまう、すると五分後には彼女がそのドアを開けて、それからというもの短いのに疲れるその訪問のあいだずっと五分おきに最新のニュースをあなたに聞かせるのだ。誰それさんの夫はベンチュラ市のモーテル6の一室でジンを一ガロン飲んで自殺した、誰それさんは破産を宣言したところだ、誰それさんは四十九歳にして初めてうっかり妊娠してしまった（**だからまだ望みはある！**）、誰それさんの娘はミクロネシアで、小さなゴムボートで太平洋を二日半漂流したあげく救出された（**咳止めドロップと雨水**

だけでしのいだんだって！）、誰それさんは筋腫ができた、痛風になった、双子ができた、腫瘍ができた、黒色腫ができた、完全におかしくなって午前三時にファーストフードの店カールスジュニアの駐車場に雨の降るなか裸で立って、空に向かって突き上げた拳を振りながら叫んだ、**そっちに誰かいないの？**　あなたは彼女に圧倒される気がした。怖気づかされた。魅了された。愕然とさせられた。**あの人に精神安定剤を飲ませろよ！**　あなたの元夫は彼女に初めて会ったとき、そう言った。

（そしてその元夫について、のちに彼女はいみじくもこう言った、彼があなたのもとを去った翌日のことだ。**彼があなたのことを見てた以上にあなたは彼のことを見てた**）

あなたの父親は母親を車でホームへ送っていき（彼女の最後のドライブ）、その翌日、家政婦のグアダルーペに、彼女のベッドのシーツを洗わないでおいてくれと頼む。「来週まで待ってくれ」と彼は言う。ずっとあなたの母親のことが大好きだったグアダルーペ（あなたの母親が、まだ物忘れが始まっていなかった十八年まえに雇った）、以前は毎週月曜の朝に一緒に来て家の掃除を手伝っていた彼女の母親はやがて四十六歳にして転移性乳癌のステージ４と診断されたのだったが（「ステージ５はないんだからね」とあなたは母親から聞かされた）、そのグアダルーペは答える、「はい、ミスター・ポール。わかりました」。つぎの週、父親はまた、ベッドを整えないでくれと頼む。そしてそのまたつぎの週も。こうしてあなたの母親のベッド（かつてはあなたのものだった）は、整えられないままとなる。まだ黒い彼女の髪（クレイロール・ナイス・アンド・イージー・ヘアダイ、ナチュラル・ブラック）が枕にくっついている。枕――膨らませないままの――にはまだ頭の形が残っている。ベッドの足元に半分隠れているのは、みすぼらしいピンクのスリッパだ（いいほうのは、彼女がホームへ持っていった）。

ホームでの最初の数日の様子を、あなたは看護師から聞かされる、お母さまは廊下を行ったり来たりして、各部屋のドアをノックして、クローゼットを覗きこんだりベッドの下を見たりしながらお父さまを呼んでいらっしゃいました。一人で置いてきぼりにされてパニックを起こしたんですね。でもしばらくすると、落ち着きはじめました。今では毎日同じことを言ってます。「うちの夫が明日迎えにきてくれるの」。

あなたの父親は電話で、自分もまたつい彼女を探してしまうのだと話す。彼女の寝室の前を通るといつも覗きこんで彼女がいるかどうか確かめてしまう。夜中に目が覚めて、ベッドで体の横をぱたぱた叩いたりしてしまう、「確認のためにね」。同じベッドで寝なくなってからもう六年以上になるというのに、そして彼女がそこにいないことはちゃんとわかっているというのに。家の向こうのほうから彼女が呼ぶのが聞こえたり、部屋のドアの外のカーペットの上を、スリッパで足早にぱたぱた通り過ぎる彼女の足音が聞こえたりすることも。昨夜彼は、色褪せた青いエプロンをつけた彼女がキッチンに立ってシンクに重ねられた汚れた皿を洗っている姿を目にしたように思った。そして一瞬、なんの問題もなかった（だけど、とあなたは父親に言いたい、お母さんはそういう汚れた皿も、あのエプロンも、シンクも大嫌いだったじゃないの。それからあなたは考える。あなたの母親がキッチンにいないのなら、彼はいったい誰なんだろう？　**空っぽの家にいる老人だ**）。

あなたは談話室で、通りが見える窓のそばに彼女がひっそりと座って、学校から家へ歩いて帰る子どもたちを眺めているのを見つける。手はきちんと組まれ、膝の浅いくぼみに二羽の鳥のように置かれている。爪は清潔だ。髪はぺたんと撫でつけられている。落ち着いているように見える、鎮静薬を処方されているのかもしれない。けれどあなたを目にするや、ひどく興奮して叫びはじめそうになる。「来てくれたのね！」と彼女は言う。それから声を落として、ささやく。「いやだ、恥ずかしい。車に乗って家に帰るのが待ちきれなくって」。

もちろん、よく見られる初期兆候はあったけれど、あなたは無視することにしたのだった。ポンズコールドクリームの瓶が冷凍庫に。ご飯を何度も焦がす。鍋の湯を煮えたぎらせたままコンロに放置（そしてそれによって生じた、焦げて破裂した卵のかけらは、あなたの父親が根気よく天井からこそげ落とした）。ちょっとうつろな笑顔。あのほんのわずかな一時（いっとき）——ほとんど気づかないくらい短いのだけれど、そのほんの一瞬、あなたという人間は存在していないのがわかる——電話するたびに、あなたの声を彼女が認識するまでにかかる、あの。十二月二十六日にカードテーブルの上に散らばっていた何枚もの書きかけのクリスマスカード——**また一年経ってしまいました！**という言葉でどれも始まっていて、でも彼女が書けたのはそこまでだったのだ——そしてその日、あちこちから電話がかかってきはじめ、翌日も、翌週も、一月いっぱいずっと続いた。「アリス、あなただいじょうぶなの？」「とにかく、あなたが生きてるってことを確かめたくて」「何も問題はないの？」。はい、はい、とあなたの母親は答えた、自分は元気だ、何も問題はない、ただちょっと……疲れてるだけで。そのころには、彼女は料理しなくなっていたのだけれども。買い物もしなくなっていた。泳がなくなっていた。服を片付けるのをやめて、代わりに毎晩、色褪せたピンクのウィングバック・チェアの背に放り投げておくようになり、たちまち、もはや椅子だとわからなくなってしまった。そしてある日、あなたは気が付いたのだ、彼女が眼鏡を拭かなくなってしまったことに。レンズには指紋がべたべたついて汚れていた。フレームは曲がっていびつになっていた。いったい、とあなたは問いかけた、そんなでどうやって物が見えるのよ？　続けて言ってしまった——自分を抑えられなかった——**まるで頭のおかしい人みたいに見えるよ！**

だけどあなたにはわかっていなかった。わかるわけがないではないか？　だってうんとあとになるまで、あなたの父親と毎週日曜の夜六時に出かけていたショッピングモールの中華レストラン——福縁楼（フー・ユアン・ロウ）——で支払いするときに、彼女は相変わらずチップを計算できたのだもの（端数は切り上げてドル単位で二十パーセント、夫婦のお気に入りのウェイトレス、フェイの場合は二十五パーセント)。彼女は相変わらずあなたの誕生日を覚えていた。相変わらずあなたの弟の誕生日を覚えていた。もう一人の弟、生まれて三十九年以上経っても(**うちの赤ちゃん**)まだ自分の誕生日しか覚えていないあの子の誕生日だって。彼女は自分の初めての自転車の鍵の組み合わせ番号を覚えていた。**六、十五、三十九。**それに一九五四年、病院から初めての給料をもらったときに五百ドル——**大金だ**——で買った中古の四九年型フォードのナンバープレートも。その朝あなたの父親と一緒に訪ねた新しい医者の住所を、彼女は覚えていた、新しい医者の診察室の番号を、彼女は覚えていた、新しい医者の電話番号を、新しい医者の受付係の名前を、新しい医者の受付係の服装を(**まるで浮浪者みたいだった!**)。こういうもろもろを、彼女は相変わらず覚えていた。

ならば、あなたの父親のお気に入りだった蘭に彼女が一日四回も五回も水をやって、まだ寿命があるはずなのにあっという間に枯らしてしまい、マホガニーのダイニングテーブルの上にちょっとした洪水——まあ、水たまりだが——を引き起こしたことはどうなる? **べつのを買うよ、**とあなたの父親は言った(蘭のことを言ったのだろうか、それともダイニングテーブルのこと? あなたは思い出せない。たぶん両方だ!)。ならば、彼女が運転の際に独自のルールをでっちあげて譲らなかったことはどうなる? **わたしは何が何でも赤信号で曲がるの!** ならば、彼女が十五分のあいだで三回もあなたに、もっと下着は要らないかと訊ねたり(いつも彼女はあなたのことを考えていた)、五回続けて同じ話をしたり(**カワハシさんちの娘さんはモルモン教徒と結**

婚したのよ！）、ときおりあなたの名前の綴りを間違えたのは？　だけど、母音が一つ、二つ余分だからって何だというのだ？　あるいは、子音が一つないからといって？

新しい医者は、これはアルツハイマーではないと言った。もしアルツハイマーならば、と医者は言った、前の週にあなたの父親とコストコへ行ったことを覚えてはいないだろうし、もうすぐ仲良しのジェーンとオリーヴ・ガーデンでランチすることになっているのだって（「待ちきれない！」）。これは前頭側頭型認知症（フロントテンポラル・ディメンシア）なのだった。ＦＴＤ。症状にはつぎのようなものがある。人柄が徐々に変わる、人前で適切ではない振舞いをする、無関心、体重の増加、抑制がなくなる、貯めこみたいという欲求。あなたの父親が予後について訊ねると、新しい医者――「最高レベルの一人」であると評判のイスラエル出身で穏やかな話しぶりの元バイオリンの神童――は机の上で両手を握りしめてから溜息をついた。手の打ちようがありません、と彼は言った。前頭葉が萎縮する。「ラヴェルもかかっていました」。

長年にわたって、彼女は「大きいやつ」を待ち構えながら暮らしてきた。毎晩ベッドに入るまえにキッチン戸棚の扉がすべて耐震ラッチでちゃんとロックされていることを確かめる。**わたしのお皿！**　彼女は食品庫に食料を備蓄していた。ミネストローネやホウレン草のクリーム煮の缶詰、スパムの缶、センベイ・ライスクラッカーの袋、マウナロア・マカデミアナッツのミニ瓶、彼女の選んだ非常食だ。何が起こるかわからないのだから。準備しておかなくては！　災厄は昼夜を問わずいつ襲ってきてもおかしくないのだ（すれ違う直前にラインをはみ出して目の前に現れる車、夜明けまえの早朝にドアをノックする音、**開けろ！**）。そして今、ついに、「大きいやつ」がここへやってきたのだった。

彼女は毎朝、乳首がわからないようにブラにティッシュを詰めはじめた。来る日も来る日もコーヒーを同じ汚い発泡スチロールのカップで飲むと言ってきかなかった。トラックをひどく気にするようになった（不快極まりない）、テレビのニュースを（もういいいニュースなんてひとつもない）、レストランの聞き分けのない子どもたちを（ぜんぶ親の責任ね）、赤信号を（大嫌い）、パトカーを（あれは禁止にすべき）。いとこのハリエットに連れられて週末サンタカタリナ島へ出かけると、アヴァロンの目抜き通りにある彩色を施したバッファロー像に怒り狂った。「こういうのって、最低！」。食料品店で、自分に似た人――小柄で、年取っていて、黒髪で、目がつり上がっている――を見かけるといつも、まっすぐ近づいて訊ねた、「すみませんが、どこかでお会いしませんでしたか？」。たいてい、相手は彼女を見つめて問い返す。「お会いしましたっけ？」。でも、会話が続くのはそこまでなのだった。

常に、「同胞」といっしょにいたいという思いがある。

仕切りカーテンの向こう側の女性はベトナム人だ。顔立ちは美しくて、皺がない。髪は漆黒だ。

ベッドを離れることはない。誰も見舞いには来ない。ひと言も発しない。たいていは眠っている。「九十三歳なんですよ」と看護師があなたに教える。「あの人、長くはないんじゃないかしらねえ」とあなたの母親が言う。彼女は小さな紙コップから錠剤を二粒取り出して飲みこむ。「わたしがもっと良くなったら」と彼女は言う、「ノードストローム（百貨店チェーン）へ買い物に行きましょう。新しいドレスを買ってあげる」。窓の外では、若い女性が駐車場で、車から降りてちょうだいと子どもに頼んでいる。あなたの母親は窓ガラスを一度こつんと叩き、それからこちらを向く。「あなたは母乳で育ったって知ってた？」と問いかける。

四年のあいだ、週に五日、彼女はまさにこの同じホームに入っていた自身の母親のところへ通った。母親の歯をデンタルフロスで掃除した。髪をブラシで梳かした。爪を切った。ビタミンE配合のアロエローションを脚と足、それに足指のあいだにすりこんだ。羅府新報（ロサンゼルスで発行されている日本語新聞）のお悔やみ欄を読んで聞かせた。「ミセス・マツエは脳卒中の合併症により逝去！」。そして毎週金曜日には、欠かさず、風月堂ベーカリーの餡入りマンジュー――彼女の母親の好物――を持っていった。「ほんとうによく面倒をみていらっしゃいました」と介護士のひとりがあなたに話す、「わたしたちは何ひとつする必要がなかったんです！」。

家を離れていた長年のあいだずっと、あなたは一度も母親に遊びにおいでとは言わなかった。一通も手紙を書かなかった。お誕生日おめでとうの電話をかけたことはなかった。パリへもヴェネツィアへもローマへも連れて行かなかった、どこもいつかそのうちこの目で見たいと彼女が夢見ていたところだ——あなたのお父さんが退職したら、と彼女は言っていた、ところが去年の暮れについに退職した父親は疲れ切っていた——そしていずれもあなた自身は一度と言わず何度も行っているところだ、結婚式だの、新婚旅行だの、文学フェスティバルだの、授賞式だの、フランス語で舞台化されたあなたの二番目の小説の初日公演だので。あの小説はあなたの母親の人生のもっともつらく困難だった年月を基に書いたものだった（それに引き換え彼女のほうは、あなたが大学へ入学して家を出た年に、当時八十一歳だった自分の母親を、十日間のニューイングランド「紅葉の旅」へ連れていった。飛行機の切符を買い、車をレンタルし、モーテルを予約し、異なる三つの州にまたがる長く曲がりくねった道程を、紅葉がピークに達しはじめるちょうどそのときに合わせて計画し、そして——戦争中の三年間を除いてはサン・ホアキン川より東へは一度も行ったことがないというのに——運転したのだ）。どうしてそんなによそよそしいのかと彼女に訊かれて、さあねえ、とあなたは答えた。あなたはドアを閉めた。背を向けた。無口に、静かになった、動物みたいに。あなたは彼女の心を打ち砕いた。そして書いたのだ。

それが今、今こうしてついに家に帰ってみると、もう遅すぎる（あなたの友人のキャロリンは母親を二週間のアラスカ・クルーズへ連れていったところで、人生で最高の経験だったと言っていた）。

入口から、彼女がほかの入居者たちといっしょにアクティビティ・ルームの丸いメラミン化粧板のテーブルにかがみこんで、縁が波形になった紙皿にうさちゃんの輪郭を描いているのが見える。その頭上の壁では、テレビが大音量でついている。後ろから肩を一度叩くと、彼女は手を止めてあなたを見上げる。「五歳の子がやるようなことよね！」と彼女は言う。それから、お絵描きを再開する。数秒後、また手を止める。「あなたの髪、すごくぱさぱさ」と彼女は言う。それから。「お父さんはどこ？」。

電話が鳴るたびに、かけてきた相手はあなたの母親を、あるいはこの家の女主人をお願いしたいと言い、あなたの父親は、彼女は電話には出られないんですと返事するが、それは本当だ。それから父親はお言伝（ことづて）があればお聞きしますが、と申し出て、キッチンカウンターの上のトースターの横に置いてあるらせん綴じの赤いノートにあの読みにくい字で書きとめる。**次の歯石取りの予約のために歯医者に電話すること！** あるいは、父親は電話してきた相手にあなたの母親は出かけている、と告げる、それもまた本当だ、この先ずっと出かけたままだと言うほうがより本当なのではあるが。父親は、電話が鳴ったとたんに取ることもある、きっとホームからで、何か恐ろしいことが起こったのではないかと思って——あなたの母親がシャワー中に転倒して腰の骨が砕けた、昼食を喉に詰まらせた、ヒステリックになって泣き叫び家に帰りたがっている（**いい子にしてるって約束するから！**）——でも今では父親は電話を鳴らしっぱなしにしておくことがどんどん増えて、そのうち留守電が作動し、彼女の声が電話線を伝う。**申し訳ありませんが、ただ**

いま電話に出ることができません……父親が電話に出たがらないもうひとつの理由は訛（**はぁろう？**）で、父親に訛がある（**こんぐらぁちゅれぇいしょん！**）ということに、ある日学校友だちを家に呼ぶまであなたは気が付かなかったのだった（どうして、とその友だちは訊ねた、あなたのお父さんは自分が発音することもできないような名前を娘に付けたの？）。あなたの父親が何を言っているのか電話の向こうにいる相手にわからないことはしょっちゅうで、十回に一回は電話を切られてしまう。電話に出るのはいつもあなたの母親（訛はまったくない）だったのだ。

子どもの頃、とあなたは以前父親から聞かされたことがある、父親はつがいの鳴き鳥（彼は鳥の英語名を思い出せなかった）を飼っていて、ストーヴの傍の竹の籠に入れてあった。ずっと昔の、日本の小さな山村でのことだ。二羽の鳥は朝から晩までさえずり、ときおり片方が斑点のあるきれいな卵を一個産んだ。ある日、鳥の片方が——どちらなのか父親にはわからなかった、二羽はまったくそっくりに見えたのだ——死んだ。もう片方の鳥は餌を食べなくなり、ひどくやせ細った。家は静かになった。父親は鳥を窓の傍に置いた、外で野生の鳥たちがさえずるのが聞こえるのではないかと思ったのだが、それでも鳥は食べようとしなかった。来る日も来る日も鳥は頭を垂れてとまり木に座りこんで、どんどんやせ細っていき、きっと死んでしまうだろうと父親は思うようになった。ある朝、父親が目覚めると鳥がまたさえずっている。彼の母親が小さな丸い鏡を籠のなかに吊るしたのだ、そして今や鳥はとまり木にすっくと立って、鏡に映る己の姿に向かってさえずっているのだった。鳥はまた食べるようになり、それから九年生きた。

鳥は鏡のなかに何を見たのだろう？　とあなたは今になって思う。死んだ連れ合い、それとも自分自身の鏡像？　あるいは二羽はまったく同一だった？（だけれど、父親から初めてこの話を聞いたとき、あなたの反応はまったく違っていた。「馬鹿な鳥！」とあなたは言ったのだ。あなたは八歳で、三年生を終えたところだった）。

バレンタインデー。あなたの母親を訪問する道すがら、あなたの父親はスーパーのセイフウェイへ寄って、彼女のために赤い薔薇を一ダース買いたがる（彼が「以前」にはけっしてしなかったことだ）。母親の部屋へ入っていくと、母親は父親を見て、それからそっぽを向く。あなたにはぜんぜん目を向けない。「この男の人が誰だかわかりますか？」と介護士が彼女に訊ねる。「もちろんわかるわよ、わたしの夫です」とあなたの母親は答える。「あの笑顔にだまされちゃだめよ」と彼女は付け加える。あなたの父親が花瓶を探しに部屋から出ていくと、あなたの母親はあなたに身を寄せて囁く、「あの人、老けてきたわねえ」。

彼女はこの頃、しょっちゅう自分の両手に目を落とすのだが、さいしょあなたには理由がわからない。するとある日のこと。「わたしの結婚指輪はどこにいっちゃったのかしら？」（あなたの父親のナイトテーブルのいちばん上の引き出しのなかのティッシュの箱の後ろ）。

かつて彼女は法外な望みを抱いていた。彼女はまっすぐな黒髪の完璧な赤ん坊たちと、暖炉と子どもたちが走りまわって遊べる広い裏庭のある素敵な家を望んでいた。二度やってみて、一度は最悪（赤ん坊の心臓の動脈の接続が逆になっていた）、そしてもう一度はだいじょうぶだった、彼女は完璧な赤ん坊（あなた）を授かり、続いてさらに二人（「男の子たち」、それぞれがそれなりに完璧）生まれ、素敵な家（建売住宅団地の一軒ではあるものの）を手に入れ、暖炉（心地よいガスの炎の）も、じゅうぶん広い庭（ブランコ、桜の木、鯉が泳ぎまわる煉瓦の池）も手に入れた。そして今や彼女の望みといえばあなたの父親と車に乗ることだけなのだ。「ドライブに出かけるのはどうかしら、わたしがナビするから」そろそろ帰ろうと立ち上がる夫に彼女は問いかける。「道案内はわたしがしてあげる」。

翌日、彼女は介護士にこう言う。「もう排卵はないの、だからセックスはおしまい」。

昔の思い出。春の大掃除。あなたは彼女を手伝って、引き出しをつぎつぎ調べて彼女がもう要らないという物を処分している。金属部分が曲がって錆びた古いコルセット、汚れた白い「スタイリッシュ」な、ブラシ部分の毛が半分なくなったヘアブラシ（あなたも同じように汚れて似たような破損状況のそっくりなヘアブラシを持っていて、どうしても捨てる気になれない――三十五年まえのある午後、家にやって来たエイボン・レディーから母が買ってくれたものだ）、ゴム製のガードル、壊れたプラスチックのミニー・マウス腕時計、あなたにはなんだかよくわからない何か——湯たんぽ？　浣腸バッグ？——（「それは膣洗浄器だ！」とあなたの父親が部屋の向こう側から叫ぶ）、丸いピンクのプラスチックケース、なかにはペッサリーが入っている。あなたはそれを彼女のほうへ差し出す。「捨てるの、とっとくの？」。**もしまた妊娠したりしたら、きゃーって叫んじゃう！**　と彼女は答える。クローゼットの奥から、あなたは年代物のアルタ・ベイツ病院の実験用白衣を引っ張り出す。**捨てて！**　彼女がプール友だちのミセス・フォンからもらった青と金の花の刺繍のある赤い中国のシルクジャケット。**安物よ！　捨てて！**　パッパガッロのパンプス、オープントウで、ヒールは根元まですり減っている。**ゴミだわ！**　あなたの大学の卒業式の一週間まえに彼女がアイ・マグニンで買った青のピンストライプのブレザー。**もう二度と着ない！**　遥か昔、マービンズのセールで彼女が買った安物のポリエステルのブラウス、まだタグが付いている（**最終セール、五十パーセント・オフ**）。**それはとっといて、**と彼女が言う、**そのうち介護施設に入ったら要るかもしれないから。**　それから彼女は笑い出す。そしてあなたも笑う。だって冗談なんだもの！　彼女は本気で言ったのではなかった！　ただの冗談だったのだ。

今日あなたが訪ねると、彼女はあのマービンズのポリエステルのブラウスと、あなたには見覚えのないダークグリーンのストレッチパンツを身に着けている（「共有物」であることを、後に知らされる）。介護士たちが彼女の髪にブラシをかけ、頬に頬紅を塗っている。「あなたが来るのを待ってたのよ」と彼女は言う。その脇のベッドの上には、服が枕カバーに詰めてある。「今日はね、家に帰してもらえるの」。半分閉じられたカーテンの向こうではベトナム人女性が小さな鼾をかいている、口はぽかんと開いていて、びっくりするほど細い片腕を妙な角度で上掛けの上に無造作に投げ出して、なんだか空から落っこちてきたみたいだ。「あの人、目を覚ましてくれたらいいのに」とあなたの母親は言う。あなたは彼女の服を枕カバーから一つずつ出して引き出しに戻しはじめる。「ほら」と彼女が言う、「手伝ってあげる」。そして、ブラウスをどうやってちゃんと畳めばいいかやってみせてくれる。

あなたの父親は些細な事柄にすがりつく。彼女が自分の名前を書いたら（結局それが最後となる）、それは祝うべきことだ。少なくとも、と彼は言う、まだ字が書ける。少なくとも、まだ字が読める。少なくとも、まだ時間がわかる。少なくとも、まだ自分で食べられる。少なくとも、まだ彼が誰なのかわかっている。少なくとも、まだ浴室の鏡で自分の顔を見るとその女が誰なのかわかっている（賢いね！）。科学雑誌の「サイエンティフィック・アメリカン」で、年取ったネズミの脳の異常なたんぱく質の蓄積を止める薬についての記事を読んだ父親は、あなたに話すのが待ちきれない。「そのうち治療法が見つかるぞ！」。

あなたはずっと、彼女はいつまでも生きるだろうと思っていた。彼女はけっして病気したことがなかった。けっして愚痴をこぼさなかった。けっして骨の一本たりとも折ったことがなかった。彼女は、あなたが思い出せるかぎり、「雄牛のごとく頑健」だった。どんな瓶でも開けられた、どんな蓋でもねじって外せた、どんなスーツケースでも閉められた（**ほら、わたしにやらせ**

て！）。足が甲高だった。見事な両脚だった（ダンスホールでは、と彼女の従姉妹が話してくれたことがある、いつだって脚であなたのお母さんとわかったものよ）。彼女の顔は滑らかで、非の打ちどころがなかった。長年のあいだ、皺ひとつなかった。レストランへ食事に行くと、皆があなたの父親に向かって四人の美しい子どもたちのことを褒め称えた。母親のことをあなたの姉だと思ったのだ（ほんとうならいたはずの姉だと）。

毎年ハロウィーンに、あなたの弟は母親の扮装をしたものだった。クリノリンで膨らませた襞をたっぷりとったプードルスカート。模造真珠のボタンのついたビーズ飾りのあるカシミアのセーター。フラミンゴピンクの口紅。ナイロンストッキング（ライブリー・レイディー、素肌色（オール・ヌード））。子どもの小さな足に合うよう新聞紙を詰めたネイビーブルーのパンプス。弟は並外れてきれいな子どもだった。母親よりきれいなくらいだった。あなたよりもきれいだった！　大きなぱっちりした黒い目に、カールしたふさふさの黒髪――**牛乳配達と駆け落ちしたんでしょ！**（子どもが父親に似ていないという意味のジョーク）とあなたの母親は人から言われたものだった――弟はその髪を長めにしておくのが好きだった。誰もが女の子だと思った。ところがどっこい、男の子の声が発せられる。「ばあ！」。一方あなたは父親のほうに似ていた。唇の薄い小さな口。高い額。四角い、労働者のような手。毎年ハロウィーンには、あなたは亀の扮装をした。

あなたの父親は今では一人で古い茶色のビュイックに乗って町を走りまわる。ガソリンスタンドへ、床屋へ、スーパーへ、丘を下ってホームへ、あなたの母親に会いに、メンバーズオンリー・ブランドのジャケットを着て。「彼女の」車、あの青い車を、父親はエンジンがかかるようにしておくために週に一度走らせる。ときおり隣人たちが、父親がハンドルを握っているのを見て驚く。**アリスはどうしたの？**

少しずつ、彼女は消えはじめる。髪はてっぺんが薄くなってきて、口元は今ではちょっと歪んで垂れている。でもあなたがランチルーム——大勢の高齢女性のあいだにぽつぽつ高齢男性が混じっていて、皆当惑した表情でぽつねんとしている（**ほんの十分まえには芝生を走っていたのに！**）——に入っていくや、彼女の目は輝き、あなたは顔を大きくほころばせる。ところがそのテーブルまで行くと、自分が知らない人に微笑みかけていたのがわかる。ちがう母親だ。**あなたのではない！**　あなたの母親はすぐ隣のテーブルに座って、色褪せた黄色のグラスファイバー製トレイにのせられた昼食を黙って食べている。彼女は相変わらず淑女然として食事する、ゆっくりとフォークを口元にもっていっては下ろし、物思いにふけりながら時間をかけてよくよく咀嚼し、ときおり白い紙ナプキンを口の両端に当て、食べかすを拭う。けっして急がない。彼女は縞模様のプラスチックのストローで牛乳をひと口飲む（あなたはこれまで彼女が牛乳を飲んだのを一度も見た覚えがない）、それからあなたを見る。「あなたはまだ処女なの？」と彼女は訊ねる。

夜になると、あなたの父親は相変わらずベッドの「彼の」側で眠る。「彼女の」側のシーツはなんの乱れもなくぴんと平らなままで、ベッドカバーがきちんとかかっている。彼のドレッサーの上には雑誌が積み重なっていく。「リーダーズ・ダイジェスト」「オプラ」「ベター・ホームズ・アンド・ガーデンズ」「ファミリー・サークル」。「ハーヴァード・ウーマンズ・ヘルス・ウォッチ」からのニュースレターが開封されないまま彼の机に散らばっている。彼は特製の「ハーヴァード・ウーマンズ・ヘルス・ウォッチ」ニュースレター用バインダーを注文することに決める。プラスチックのぺらぺら一つが九ドル九十五セント。六つ注文し、ニュースレターのバックナンバーを綴じこむ（あなたの母親はぜんぶとっておいていた）、この先誰も読まないのに。

　黄色のポストイットに書いたメモは相変わらず家じゅうに散らばっている。キッチンの冷蔵庫には。**薬を飲むのを忘れないこと。**電話の上には。**クレジットカード情報はぜったい伝えないこと。**浴室の鏡の上には。**蛇口を閉めましたか？**　あなたの母親の寝室の鏡には。**顎を上げて！**　彼女のベッド脇のナイトテーブルに伏せてあるのは、古い「ひと目でわかる一週間の予定表」だ、彼女はそこに来る日も来る日も毎週毎週あの小さな淑女然とした字で同じことを書きこんでいる。**明日を消さないこと！**（彼女は一度も消したりしなかった）。あなたの父親は「ひと目でわかる一週間の予定表」を自分の机の引き出しにしまいこむ。彼は——何か月も経ってやっと——彼女の薄汚れた寝間着を洗濯籠に突っ込む。でもポストイットのメモは残しておく。彼女が今よりよくなって、家に帰されることになった場合に備えて、念のため。「あいつが混乱するといけないからな」。

自身の母親が亡くなった翌日、あなたの母親は「居間（ファミリー・ルーム）」のリクライニングチェアに横になると、頑として起き上がろうとしなかった。すっかり気落ちしていた。気力がなくなっていた。怒っていた。彼女は母親を見殺しにしてしまったのだ。なぜかすべて彼女自身のせいなのだった。だけど、とあなたの父親は思い出させた、お母さんは百一歳だったじゃないか、と。「百歳」とあなたの母親は訂正した。もっと歩行器を使ってもらいたかった。あの記憶力増強クラスを受講させてあげたらよかった。風船バドミントンに行かせてあげたらよかった。椅子ヨガに申し込んだらよかった。それから、繰り返し、繰り返し、**どうしてこんなことになっちゃったの？**

三週間後、あなたの父親が電話してきて、心配なのだと話した。「お前のお母さんは一日じゅうあの椅子に座ってクッキーを食べながらテレビを見てるだけなんだ」と言う。だけど、と彼は認めないわけにはいかなかった、この何年か大変だったからなあ、週に五日、母親に会いに車でホームへ通って。ひと休みしたいっていうんなら、文句は言えないよな？　父親は彼女が「新しい状況に慣れる」のを彼女の母親の一周忌まで待ち、それから「ちょっとつついてやる」つもりだったのだけれど、一周忌がやってきて過ぎ去っても、あなたの母親はあの椅子に座ったままだった。

以前の思い出をもうひとつ。あなたの母親が自分のベッドの端に座って頭を垂れ、肩を落として両手を脚のあいだにだらんと下げている。完全に参っている。「どうしたの？」とあなたは訊ねる。常におしゃれな服装で、眉を抜き、完璧に化粧して、「髪ひと筋の乱れもない」人だったあなたの母親。娘の身なりを整え（毎朝、登校まえに、髪にバレッタを「慎重に」留めてくれた）、あなたの物を買いにいき（**ほら、これを着てみて！**）、古い黒のシンガーミシンのボビンに糸を巻いて夜遅くまであなたの服（ギンガムのブラウス、スナップ留めのポケットとクラシックなダブルヨーク仕立てのウエスタンシャツ、あなたの初めての巻きスカート、Vネック——開きが深いけれど深すぎはしない！——に紐で締めるパフスリーブのミディ丈ドレス、体にぴったり合わせて「ダーツ」をとったホルタートップ）を縫ってくれたあなたの母親が、もはや自分でスラックスを穿けなくなっていたのだ。**このジッパーをどうすればいいの？**と彼女はあなたに訊ねたのだった。

たぶん、ここからすべてが始まったのだ。

彼女がホームで迎える初めてのクリスマス。あなたは彼女に、前の晩ラジオでマヘリア・ジャクソン（彼女のお気に入り）を聴きながらキッチンテーブルで父親といっしょに包んだプレゼントを持っていく。父親からのプレゼントをはじめに開けたいかと訊ねると、彼女は「ううん」と言う。あなたは代わりに自分からのプレゼントをひとつ渡す、トンボの形の幸運のお守りが入った小さな箱だ。彼女は箱を差し出して介護士に見せる。「ね？」と彼女は言う。「この子がどれだけわたしを大事に思ってくれてるか、これでわかるでしょ。この子はわたしにちっちゃなプレゼントをくれるの」。あなたの父親からのプレゼント――ソックス五足、アーガイルセーター、テリー織りフラシ天のバスローブ、ミックスナッツひと瓶、柔らかい革底のラムウールのスリッパ――を開けて彼女は言う、「あの人ったらこんなにたくさんプレゼントをくれて、わたしのご機嫌を取ろうとしてるのね」。つぎの土曜日、あなたは電話で、午後のもっと遅くにお父さんがそっちへ行くからね、と念を押す。「あの人、わたしがいなくてもいいみたいね」と彼女は言う。

数年まえの、まだ夫婦が同じベッドで寝ていたある夜、あなたの父親の鼾があまりに大きいので――「あの人、まるでライオンが唸ってるみたい！」――あなたの母親は起き上がってあなたの部屋へ寝にいった。でもしばらくして、戻った。「寂しかったの」。つぎの夜、彼女はまたあなたの部屋へ行き、今度はそのまま朝まで眠った。そのあとは、もう戻ることはなかった。**なんでも慣れるものよ。**

あなたは両親が触れあっているのを見た覚えがない。キスしているのを一度も見たことがない。手を握り合っているのを一度も見たことがない。二人のあいだでの優しい仕草はただのひとつも見たことがない。にもかかわらず、あなたの父親が尿路感染の症状を呈しはじめてあなたの母親といっしょに泌尿器科医のところへ調べてもらいにいくと、医者はさっと検査室を出ていってそっとドアを閉め、それからすぐさままたドアをばたんと開けて顔いっぱいに笑顔を浮かべて戻ってくるや、叫んだのだった、「原因はセックスでーす!」(ワッ!)。あなたにこの話をするたびに、それもしょっちゅうするたびに、母親はけらけら笑い出すのだった。

この頃から彼女は同じ話を繰り返すようになったのだった。

ほかにも、相乗り(カープール)ドライバーのミセス・ムロジェクが三歳だったあなたの弟を丘の麓のリトル・レッド幼稚園へ迎えに行くのを忘れた話とか(警官が一マイル離れたところで、交通量の多い幹線道路の端を自分の家の方角目指して落ち着いて歩く弟を発見した)。それに、あなたのもうひとりの、弁護士の弟が、母親の上司であるドクター・ノムラが彼女の401k(アメリカの個人年金制度のひとつ)をだまし取ろうとしたときに、ドクターを追求したときのこと(「ドクター・ノムラに言ってやったの、『わたしの息子と法廷で会うことになりますよ!』ってね」)。それからもちろん、「キャンプ」の話がいろいろ。警備兵のいるタワー。がらがら蛇。鉄条網の柵。家を閉めて立ち退く前日に彼女の母親が庭で鶏をぜんぶ殺したこと。「箒の柄で一羽ずつ首を折ったのよ」とあなたの母親は話す。それからいつもの言葉で話を締めくくる、十回目も、五十回目も、百回目も。「ひどいもんだったわ!」。

彼女の母親の写真はまだダイニングルームの「ダイニング食器戸棚(ハッチ)」の上に立ててある。あなたの父親はその写真に向かって話しかけたものだった、どうして娘に料理を仕込んでくれなかったんですか？（米の飯を除いて、あなたの母親は「アメリカ料理」しか作らなかった。ミートローフ、ツナのキャセロール、マカロニチーズ、サワークリームとキャンベルのマッシュルーム・クリームスープの缶詰で作ったビーフストロガノフ）。そして、あなたのお父さんに怒鳴るといつも、とあなたの母親は笑いながら話したことがある、お父さんはあの写真を指さして言うの、**お母さんが見てるぞ！**

彼女があの椅子に引きこもってしまうすこしまえのある午後、あなたの父親が昼寝から目覚めるとあなたの母親の姿がなかった。父親は裏庭を確かめ、前庭を確かめ、いろいろな道具を入れてある小さな物置小屋まで見てみたのだが、彼女はどこにもいなかった。しまいに彼は通りへ駆け出し、彼女の名前を呼んだが、返事はなかった。家に戻って車庫のドアを開けると、茶色のビュイックの助手席に彼女がすわって、ドライブに出かけるのを待っていた。口紅をつけ、「外出用」の靴を履き、バッグをきちんと膝にのせて。「あなたどこへ行ってたの？」と彼女は訊ねた。

今日は、初めてあのベトナム人女性がぱっちり目を開けている。彼女は部屋を横切るあなたを目で追い、それから自分の胸を叩く。「ノー・イングリッシュ」と言う。そしてにっこりする──彼女の歯は真っ白で、完璧で、黒い瞳が踊っている。「ユー、娘（ドーター）？」と彼女は問いかける。

そのあと、あなたの母親が言う。「まえはなんにでも名前があったんじゃなかったっけ？」。

あなたの父親は時間をつぶすためにいろんなことをする。新聞を隅から隅まで読む。数独を学び、たちまちマスターする。厚紙の箱に開けた小さな穴越しに日食を観察する。四月には税金の申告をする。隣家の裏庭との境の塀に沿って新しい木を植える（彼は常にプライバシーにこだわる）。彼は庭の枯れかけのシャクナゲに謝り（「たとえ一インチのミミズでも」と彼はあなたに言ったことがある「半インチの魂を持っているんだ」）、それからさっさと切り倒してしまう。彼は及び腰ながら大掃除を試みる——三十年以上経ってようやく——車庫の。彼は歩数計を買って歩きはじめる。半マイル、一マイル、一マイル半。そしてある日、彼はあなたの母親の寝室の窓の外にロックガーデンを作ろうと決心する。彼はオーヴァールック種苗店に白い砂利を三袋注文し、柵のいちばん頑丈で安定しているところに取り付けた梃子と滑車とロープからなる装置（大学で数学を教えるようになるまえ、彼は研鑽を積んだエンジニアだった）を使用して家の裏の峡谷から大きな白い岩を七個引き上げる。時間をかけて——二日か三日——岩を何度も並べ替え、「ちょうど良く」見えるようにする。どんな理屈に基づいているのか、どうやって岩の間隔や理想的な配置を決めているのか、あなたにはさっぱりわからない（「あそこんち、お母さんと較べると」とあなたの友だちアンの八歳になる娘が一度母親に言ったそうだ、「お父さんのほうはよその人って感じだよね」）。彼はロックガーデンのポラロイド写真を撮って、ホームへ持っていってあなたの母親に見せる。「植わってたものは枯らしちゃったの？」と彼女は夫に訊ねる。

ちょっと国外へ行って――イタリアのウンブリア州南部で十日間の作家会議――帰ってきたあなたは、母親が左足を引きずるようになったと父親から聞かされる。車椅子にのせられている、と彼は話す、転ぶといけないからね。一週間で、すでに彼女の脚は小枝のように細くなっている。それに、ずっと無口になっている。そしてもう微笑まない。彼がいちばん気にしているのがこのことだ。

あなたが彼女の部屋に入っていくと、彼女は窓のそばで車椅子にすわり、小さな丸い鏡を掲げてじっと、でもいぶかしげに自分の顔の半分に見入っている（子どものころ、あなたは毎朝彼女が浴室の鏡の前で「顔を作る」のを見守ったものだった）。「わたしはうちの母を喜ばせることができなかった」と彼女は言う。あなたは鏡を取り上げてベッドの上に伏せる。彼女の顎は震え、両手は氷のように冷たい。あなたはその両手を自分の手で挟んで温め、彼女は車椅子のなかで後ろにもたれて目を閉じる。「ありがとう」と彼女は言う。それから背筋をまっすぐ伸ばすと目を大きく開く。「あなたが帰ったら」と彼女は訊ねる、「誰が電気を消してくれるの？」。

あなたが子どものころ、悲しくなるといつも彼女に「鏡を見て笑ってごらん」と言われたものだった。ほかに彼女がいつも言っていたこと。「誘われたら、いつでも遊んであげるようにしなさい」（あなたは、たいていはそうしていた）、「誰かのところへ行くときには必ずお土産を持っていくこと」（あなたは忘れることもあった）、「ニンジンは必ず斜めに切ること」（あなたは今でもそうしている）そして「もしまたわたしに知らせずに結婚したら、ただじゃおかないからね！」（あなたはさいしょの夫、元禅僧と、キャッツキル山地における六日間の沈黙の瞑想で出会った二週間後に駆け落ちした）。そして男全般については。「いつも相手のことを真剣に考えているふりをしてなさい」そして「なんでも自分のことみたいに受け取っちゃだめよ！」。

ちょっとした仕草。いまだに、親切にしたいという衝動。昼食時、横にいる車椅子の女性が泣きはじめると、あなたの母親は手を伸ばして相手の手を撫でる。「泣かないで」と言う。

つぎにあなたが訪れると、ベトナム人女性はいなくなっている。ベッドは寝具を取り去って消毒してある。持ち物――あの女性が所持していた僅かばかりのもの――はきちんと大きな黒いビニールのゴミ袋に入れられている。眠っているあいだに亡くなったのだと介護助手が教えてくれる。その日の終わりにはもう、サラというもっと若いハクジン女性がそのあとに入居している。サラは五十代後半で、エレガントな服装で爪にはきちんとマニキュアを塗り、愛想のいい満面の笑みを浮かべる。彼女が食料品店でカートを押しているのを見かけても、二度見はしないだろうとあなたは思う。でも彼女の語彙はただひとつ、痛ましいことに「ｔａｎ（タン）」だけだ。「わたしのお友だちはどこ？」あなたの母親は問いかける。それからあなたがいるあいだじゅう、母親は黙りこくっている。

彼女は今やほとんど何も求めない。そして、あなたが彼女のために何をしても――眼鏡をまっすぐにする、ジュースの紙パックを開ける、彼女の顔から食べかすをナプキンで拭き取る、髪を撫でつける――小さいけれどはっきりした声で「ありがとう」と言う。

楽しめるときに楽しんでおきなさい、と彼女はいつもあなたに言っていた、**五十に手が届くとつぎつぎ修繕しなきゃならなくなるんだから！**　あなたは五十に「手が届こう」としていて、もうすでに修繕が始まっている。五十肩のための理学療法、疑わしいほくろ三つの除去、足裏筋膜炎のための装具、関節炎で痛む膝のための鍼治療――**効かない！**　つい最近医者の予約をとったあと――胃腸科、食べはじめるたびに胃が痛むので――あなたはもっと体に気をつけようと決心する。これからは、降りるときだけではなく上るときも階段を使おう。ジムの会員権を更新しよう。マントラの埃をはらってまた瞑想を再開しよう。煙草をやめよう。体重を減らそう。食生活を改善しよう。肉を食べるのはやめよう。乳製品も。コーヒーも。塩をまぶしたプレッツェルはもうやめだ。ヴィーガンになろう。ヴァージンに！　ヨガ愛好家に。アウトドア派に（**自分の部屋に永遠にこもってるわけにはいかないのよ**！とあなたは母親から言われたものだった、とはいえ、結婚生活に乗り出した短いあいだを除いておおむね**そうしてきた**のだけれど――なんといってもあなたは作家なのだから）。毎朝夜明けに海まで歩いて、両腕を空へ上げて、それからゆっくりと、恭しく、感謝と畏敬の念をこめて、地面に届くほど深々とお辞儀し、上る朝日に敬意を表するのだ。**また一日が始まる。**

彼女はもう窓の外を眺めはしない。彼女はもうあなたの父親に来てほしがりはしない。彼女はもういつ家に帰れるのかと訊ねはしない。ときおり、何日か過ぎるあいだずっとひと言も口をきかないこともある。そうじゃないときも、今では彼女が言えるのは「はい」だけだ。

「気分はいい？」

「はい」

「新しい薬は効いている？」

「はい」

「どこか痛いところはない？」

「はい」

「ここは気に入ってる？」

「はい」

「寂しい？」

「はい」

「まだお母さんの夢を見る？」

「はい」

「わたしのブラウス、ぴちぴちすぎる？」

「はい」

「わたしにひとつだけ言うとしたら、何？」

沈黙。

ときおり、昔の彼女がちらっと現れる。「弟たちがいてよかった？」ある日彼女はあなたに訊ねる（すごくよかった、とあなたは答える）。それから、続く五か月、ひと言もなし。

彼女が最後に口にした完全な一文は、「鳥がいるのはいいわね」。

日一日とあなたの父親はゆっくり聴力を失っていく。「誰も話し相手がいないからな」と彼は言う。彼はときおり、あなたの母親が外の庭で薔薇に死ぬほど水をやっているんじゃないかという気がすることがある。あるいは、もしかしてテレビの前で口をぽっかり開け、スリッパの脱げかけた片足を詰め物した足載せ台の端から危なっかしく垂らして眠りこけているのではなかろうか、という気が。あるいは、もしかしてぶらぶら隣へ出かけて、景色を眺めにこないかと新しい隣人を――またも！――誘っているのではないだろうか、隣家の裏庭からの眺めはあなたの両親の裏庭からの眺めと同じだというのに、七十五フィート位置が違うだけで。あるいは、もしかしてまた以前の彼女に戻って、食料品を買いに出かけていて――**ヴォンズでリブロースが特売！**――今にも彼の耳に私道へ入ってくる彼女の車のあのお馴染みのクラクションの音が聞こえてくるのではなかろうか。**ブッブー！**

あなたは静かな部屋(クワイエット・ルーム)で彼女とすわっている、彼女は車椅子に、あなたはその横のソファに、そしてホワイトノイズマシンの安定した雨だれの音を聴いている。あなたは彼女の声をもう二年ほど耳にしていない。とつぜん彼女が手を伸ばしてあなたの腕を摑む。握る力は強いけれど優しい。その手は思いのほか温かい。あなたの母親が、とあなたは気が付く、あなたをつかまえている。そして何週間かぶりで、あなたの心は落ち着く。**やめないで。**あなたはそのままでいる、彼女の手はあなたの腕に置かれ、あなたは彼女の横のソファにすわって、動かず、かろうじて呼吸している、車椅子を押して食堂へ昼食に連れていく時間になるまでの数分のあいだ。あなたの人生で最高の五分間だ。

帰るときはいつも、あなたは身をかがめて彼女にキスする。彼女は身を引くことがある。あなたの顔を見てからどうでもよさそうに頬を差し出すこともある。歩み去りながら、あなたはいつも——つい我慢できずに——振り向いて見てしまう。彼女があなたを見ていることもあるけれど、あなたが誰かわかっているようには思えない。じっと宙を見つめていることもある。車椅子のなかで身をかがめて、熱心に、ものすごく集中して自分の足先を見つめていることもある。彼女はもうあなたのことを忘れてしまっている。ところが今日は、あなたが振り返って見ると、彼女は手をちょっと宙に浮かせて、ゆっくり振ってさよならしてくれている。

彼女が死んだつぎの瞬間あなたが最初に気づいたこと。脳剖検の手配を忘れていた。そこであなたはフクイ葬儀場の女性に電話して、病理学者ウェイン・カトーを紹介してもらい、病理学者は千五百ドルの料金で、あなたの母親の頭骨を電動のこぎりで切り開いて注意深く脳を取り出し、氷を入れた発泡スチロールの箱に収めて高名な神経学者ミュラー教授の研究所に手ずから運び、教授は千三百ドルの料金で脳をホルムアルデヒドに二週間浸し、それから組織をスライスしてスライドにのせて染色する。結果を聞こうとあなたが教授に電話すると、調べた結果彼女の意見は例の新しい医者と同じだと告げられる。アルツハイマーではなく、前頭側頭型認知症であると。亜型ピック病。ピック病の脳は、と教授はあなたに説明する、けっこう珍しいのです。「さほど多くは見られません」。あなたの母親の脳は、と彼女は付け加える、「かなり萎縮しています」。八月に、教授はあなたの母親の脳のスライドを、パリで開かれる国際神経学神経病理学会で発表するつもりだ。「ユーロニューロ（ユーロ圏で開かれる国際神経学神経病理学会の略称）で」。母親の脳の写真を送ってもらえないかと頼むと、教授はちょっとためらう。「そんなこと頼まれたのは初めてです」と彼女は言う。

　生まれて初めて、あなたは眠れない。あなたはメラトニンを飲んでみる。ルネスタを飲んでみる。ソナタを聴いてみる。間奏曲を。アティバンを飲んでみる。深呼吸してみる。左右の鼻孔を交互に使う呼吸を試してみる。漸進的筋弛緩法を試してみる。「平和（ピース）」という言葉を、もはや言葉に聞こえなくなるまで繰り返し繰り返し言ってみる。就寝直前にレタス茶を飲んでみる。就寝一時間まえにバナナを食べてみる。六時以降は水分を一切摂らないようにしてみる。ラベンダーオイルを試してみる。アロマセラピーを。電気毛布を。温度調節の設定を十七度に下げてみる。スリープシェパード（脳波を測定し、最適な音で睡眠に誘うヘッドバンド）を試してみる。ドリーム・チーム（睡眠サプリ）を試してみる。アイ・スラック（目元のマッサージ器）を。ナイト・ウェイヴ（光の変化によって眠りに誘う装置）を。しぃぃぃぃん。それでも眠れない。

あなたの父親はCPAP《シーパップ》（持続陽圧呼吸）装置を注文し、何年かぶりで初めてぐっすり眠る。もう五分おきに目を覚ましてあえぐことはない。もう鼾はかかない。もう八時のニュースを見ながらうとうとしてしまうことはない（「ほらほら、おねむさん！」とあなたの母親は声をかけたものだった）。今では彼は毎朝すっきりリフレッシュした頭で目を覚ます。「もっと早くにこうしておけばよかったよ」と彼はあなたに言う。一週間後、彼は「主寝室」の大きなベッドをもっと小さな可動式ベッドと入れ替える、そのほうが頭を上げられるので夜間の胃酸逆流による膨満感を抑えることができるのだ。彼はポストイットメモを剥がす。**電気を消すのを忘れないこと！**
彼女が家へ帰ってくることはもうない。

あなたもいっしょに、彼女の持ち物を整理しはじめる。彼女の浴室で、あなたはこんなものを見つける。資生堂ファンデーションの空き瓶九個（ナチュラル・ライト・アイボリー）、口紅三十二本、電動歯ブラシ一本（彼女は毎晩歯を磨き、乳液とオイル・オブ・オレイを塗り――「お父さんが手を握ってくれるかもね！」――そしてベッドに飛び込むのだった）、歯の漂白のためのトレイのセット、大人用紙おむつ二袋、未開封の生理用ナプキン三袋、彼女が「念のために」と置いておいたものだ（「いつか使うことがあるかもしれないでしょ」）。これらすべて、もちろんゴミだ。

あなたの父親の書斎は、一時期あなたの母親の巣になっていて、何箱もの期限切れのクーポン、なかには十五年以上もまえのものも（彼女は買い物上手を自負していて、このスーパーあのスーパー――セイフウェイ、マーケットバスケット、ラルフス――と、五十セント節約するために車で走りまわっていた）、「パレード」マガジンから彼女が何時間もかけて丁寧に切り抜いたコラム「マリリンに訊いてみよう」が何百枚も、ライフ・コーディネーター、マーサ・スチュワートの古いコラム（「最適な写真の保存と飾り方最新情報」）、新聞から切り抜いた彼女が一度も作ったことのないレシピの数々、大昔のシンプリシティやマッコールの型紙、色褪せた残り布や「リックラック（縁飾り用のジグザグの平紐）」、さまざまな長さの紐、残りご飯を入れておくためのクールウィップの空き容器、あなたのデビュー短篇のコピーが何部か、その一部を彼女はジップロックのポリ袋に入れて、プールの更衣室のご婦人仲間に見せるために持っていっていた。**うちの娘は作家なのよ！**　こういうものもぜんぶ――ゴミだ。

彼女の寝室の「上等なセーターの引き出し」で、あなたはこんなものを見つける。三人の子どもたちの住所と電話番号を書いた古いメモ帳（**みんな風に乗ってちりぢりになってしまった**）、子どもたちの好きな食べ物リスト（あなたの弟の片方は中国風の紙包鶏（ペーパーチキン）が好きで、もう片方はシュリンプ・スキャンピ、そしてあなた、あなたはウナギが大好物だった）、ベジタリアン料理の本（『ザ・ベジタリアン・エピキュア』）は、あなたが大学一年でベジタリアンになったときに彼女が買ったものだ（でも二年になると、あなたは本来の肉食に戻ってしまった）、古ぼけたゴム製の水泳帽（明るい黄色のデイジーはまだ無事だ）、使い古されたバイシクル・ブランドのトランプ二組（彼女はトランプゲームのハーツでいつも勝った）、内側に鏡がついた赤いエナメル革の口紅ケース（Ｃｏａｃｈ（コーチ））、あるクリスマスにあなたがプレゼントしたもので、どうやら一度も使ったことがないようだ。あなたは好きな食べ物リストをポケットに入れる。ほかのものはぜんぶ――ゴミだ――放りだす。

彼女のクローゼットの床にはバッグが十九個ある、どれも安物で、どれもまっさらだ。あなたの父親が一つを指さす。「それはとっといてくれ」と言う。ほかのとなんの違いもないように見える。とっておきたいんだ、と彼は言う、かたみとして。あなたはそれを横へよけておく。

あなたの大学の卒業式に出るために東部へ飛行機でやってくる前日、あなたの母親は手持ちのいちばん上等な宝飾品――彼女の父親が日本から船で来るときに持ってきた、長さの違う三連の黒い淡水真珠のネックレス――を、小さな茶色のスーツケースに詰めた。空港で、あなたの父親が車を駐車してくるのを待っていると、二人の若い男が近づいてきて丁寧に道順を訊ねた。いつも愛想が良く、いつも人の役に立とうとするあなたの母親は、ガラスの回転ドアの向こう側のチケットカウンターを二人に指さしてみせた。五分後、彼女がスーツケースを持ち上げようと手を伸ばすと、なくなっていた。あなたの父親はなおもターミナルをぐるぐるまわって駐車できる場所を探していた。「あのパールはあなたにあげたかったのに」と卒業式のあと、あなたの母親は言った。「あなたに受け継いでほしかったのに」(本来ならあなたが受け継ぐはずだったほかのものはみな——あなたの祖母の伊万里焼の皿、象牙の箸、年代物の木のタンス、男女一対の内裏雛(だいりびな)、日本にいるあなたの親族の、風変わりな、着物姿の白黒写真——、戦争が始まった直後の、あの消し去ろうとする当初の狂乱のなかで、破壊されてしまった)。

家に帰ると、あなたの父親は母親を車に乗せて街中の宝石店の多い地区へ行き、新しいものを幾つか選ばせた。花の形の真珠のブローチ、クリップ式のルビーのイヤリング、彼女のイニシャルを彫った純銀のブレスレット、そのどれも彼女はけっして身に着けなかった(「同じじゃないもの」)、そしてそのどれも、あなたは家のどこにも見つけることができない。どこもかしこも探した。それでも見つからない。

最後の思い出。あなたが三作目の小説を書き終えるころには、彼女は一年以上しゃべっていない。今では、とあなたの父親は言う、とにかくあいつが何か言うのを聞けたらどんなにいいだろうと思うんだ、なんでもいいから。でも、あなたが何を訊ねても、彼女はただあなたを見つめて

――彼女の眼差しは穏やかで、すべてを見通していて、孤独だ――そして頷くだけだ。あなたのことがまだわかっているのかどうか確信が持てないので、あなたは自分の名前を名札に書いて、シャツにピンで留める。あなたは自分の本を手渡し、彼女がゆっくりとページをめくるのを見守る――彼女の手は、しみはできているものの、いまだにエレガントで、長いほっそりした先細の指先の爪は完璧な楕円形だ――カバー袖のあなたの写真に行きつくと、彼女はじっとあなたの顔写真を見つめ、それからその下に印刷されたあなたの名前を見て、そしてあなたのシャツに留められた名札の名前を見て、それからあなたの顔を見上げる。顔を見た彼女は、不思議そうにあなたの目を覗き込む。彼女はこの動きを何度も何度も繰り返す。写真、その下のあなたの名前、あなたの名札のあなたの名前、その上のあなたの顔。そして毎回、あなたの顔に行きつくと、彼女は今にもしゃべりだしそうな表情になる。

謝辞

書き上げるまでの道のりの一歩ごとに辛抱強く寛大にわたしを正しい方向へ導いてくれたニコール・アラギに、そして最初からこの作品を信じてくれたジョーダン・パヴリンに感謝します。そしてまた、デュヴァル・オスティーン、マヤ・ソラヴェージ、イザベル・ヤオ・マイヤーズ、ジョン・フリーマン、マックス・マクドウェル、マーク・ホーン、ディラン・レイナー、ポール・ウエイクナイト、ミッチェル・コーエン、ロリ・モンソンにも感謝します。デイヴィッド・オオツカ、マイケル・オオツカ、ダリル・ロング、そして我が親友カビ・ハートマンには特別な感謝を。また、つぎの著作は本書を執筆するにあたってのリサーチで参考になりました。チャールズ・スプローソン著『*Haunts of the Black Masseur*』、リン・シェール著『なぜ人間は泳ぐのか?』、シンシア・ゴーニー著「ニューヨーカー誌」掲載「A Feel for the Water」、トーマス・エドワード・ギャス著『*Nobody's Home*』、トレーシー・キダー著『オールドフレンズ——時は刻み、人は生きる』、ティモシー・ダイアモンド著『老人ホームの錬金術』、スー・ハルパーン著『私が何を忘れたか、思い出せない——消されゆく記憶』、デヴィッド・シェンク著『だんだん記憶が消えていく——アルツハイマー病：幼児への回帰』。最後に、アンディー・ビーネンへ、いつもありがとう。

訳者あとがき

カリフォルニアで生まれ育ち、現在ニューヨークで暮らす日系アメリカ人作家ジュリー・オオツカの三作目となる本書『スイマーズ』では、まず第一章で、街なかの公営地下プールで泳ぐ常連たちの生態が、前作『屋根裏の仏さま』(新潮クレスト・ブックス)でも使われた一人称複数の「声」で描かれる。さまざまな職業、さまざまなレベルのスイマーたちがプールのルールに従って黙々と泳ぐ独特のコミュニティだ。そのなかでアリスという名が繰り返されることに読者は気づく。元検査技師で認知症の初期症状が見られる彼女には「親切にすること」、というのがプールのルールのひとつなのだ。つぎの章ではプールに突然ひびが現れ、原因がわからないなか、ありがちな憶測や不安が平穏だったスイマーたちの世界に渦巻く。

第三章では語り口ががらりと変わり、アリスの記憶から失われてしまったこと、まだ残っていることが、「彼女」を主語とする定型の文章を畳みかけるように繰り返しながら列挙されていって、日系二世であるアリスの人生が浮かび上がる。そんな母を眺めているのは作家である四十代後半の娘、「あなた」だ。作者は二人称を使うことで自身と重なるアリスの娘と距離を置き、主観にのめりこむことをしない。認知症が進行するアリスは、つい先ほどのことは覚えていなくとも古い記憶は残っている。日米開戦後、父親は逮捕され、母親と弟と共に列車で砂漠の収容所へ移送されたこと。誰よりも好きだった人とは結婚できなかったこと。最初に産んだ女の子がすぐに死んでしまったこと。

第四章ではまた趣が変わり、読者はアリスのような記憶障害を持つ人のための施設ベラヴィスタ（美しい眺め、の意）の新規入居者「あなた」として、あけすけな内実まで含めた説明を施設側から受ける。悪質なホームというわけではないものの基本はビジネス、入居者は施設に都合のいいように管理され、「現金収入の乏しい国々出身」の「白人ではない」介護士たちが最低賃金で世話してくれる。

最終章で綴られるのは、娘である「あなた」の脳裏にランダムに浮かぶアリスの最後の日々とこれまでの家族の思い出のあれこれ、そして強い悔いだ。「あなた」は成長するにつれて母と疎遠になり、自分のことにかまけていて、母の異常に気付いたときにはもう遅かった。

前作『屋根裏の仏さま』のあとがきを書いた二〇一六年初め、参考にした幾つかのインタビューでオオツカは、次作は認知症と水泳についての作品になる、と語っており、文芸誌「グランタ」の二〇一一年秋号には「Diem Perdidi（ディエム ペルディディ）」が短篇として掲載されていた。認知症と水泳がどう繋がって小説となるのだろうと思っていたら、この『スイマーズ』が発表されたのだった。読み終えると、決まったコースをひたすら泳ぐスイマーたちの日常とそれを壊してしまうひびの出現を描く二章が最初に置かれていることの意味が腑に落ちる気がする。どこまでも客観的に、淡々とした口調で、ときにユーモアをも交えて（ユーモアと悲しみはコインの両面だ、とオオツカは言う）語られている本書は、芯のところではひりひりする傷口をむきだしにした母と娘の物語でもある。

オオツカは二〇〇二年、当時十歳だった母の一家が日米開戦後に日系人として強制収容された体験をもとにした小説『あのころ、天皇は神だった』（フィルムアート社）でデビューして注目を集め、その後ブックツアーの際に、親族に元写真花嫁がいるという話を何人もの日系人から聞かされ、興味を持った。そして、当時アメリカで働いていた日本の男たちと手紙と写真のやりとりだけで（当然のことながら虚偽も多かった）結婚を決意し渡米してきた写真花嫁たちの人生を独特の一人称複数で綴った『屋根裏の仏さま』を、二〇一一年に刊行した。

「歴史」小説である前二作と異なり、三作目にあたる本書は現代が舞台だ。マンハッタンにある舞台芸術組織シンフォニー・スペースからラジオ番組用短篇の依頼を受けたオオツカは、二作目の執筆を数か月中断して「Diem Perdidi」を書いた（その後「グランタ」に掲載）。二作目が完成したあと、その数年まえに書いた地下の公営プールに通うスイマーたちのスケッチが合わさって、本書となっていった。オオツカはプールに通っていた一時期にスイマーたちの独特の世界に魅せられたという。「あなた」という二人称でオオツカ自身も登場するこの現代の物語でも、過去の歴史は語られずにはすまされない。第二次大戦中の母の一家の体験は、オオツカが何を書きはじめようと必ずどこかで忍び入ってくるそうだ。なお本書は二〇二三年度アンドリュー・カーネギー賞を受賞している。

コロナ禍下におけるアジア人ヘイトには強いショックを受けた、戦争中に日系人として辛い経験をした母がこんな光景を目にしないですんでよかった、とオオツカはあるインタビューで語っている。また、二〇二二年六月、ウィスコンシン州のマスケゴ＝ノルウェー教育委員会が、アメリカの視点が欠けているとの理由で『あのころ、天皇は神だった』の授業での使用を禁止したことについて、八十年まえの日系人強制収容の際にはアメリカ社会は無関心だったのに、今回は多くの住民が抗議の声をあげたことに希望を見いだしつつ、日系移民たちの物語を語り続けねばならないという思いをいっそう強くしたと述べている。

自分は「十年に一冊」の作家だ、というオオツカは、最初はプロットもアウトラインもなく、物語がどこへ行くのかさっぱり見当がつかないまま書きはじめ、その「声」にしたがって書き進んでいく。言葉のリズムを大切に、これだと思える表現が見つかるまで何度も書き直し、そぎ落とし、濃縮していくという。そうやって磨き上げられた結晶のようなこの物語を、最後に置かれた情景のあたたかいきらめきを、ぜひじっくり味わっていただきたい。ちなみに次作については、書き始めてはいるものの、まだどんな作品になるか皆目見当がつかず、ただ、より自分自身へ目を向けるものになっている、とのこと。

不明点をご教示くださったモーリー明日香さん、平野キャシーさん、そして手強い原文と向き合う訳者に伴走してくださった新潮社出版部の川上祥子さん、校閲部の岡本勝行さんに感謝いたします。

二〇二四年一月三十一日

小竹由美子

The Swimmers
Julie Otsuka

スイマーズ

著者
ジュリー・オオツカ
訳者
小竹由美子
発行
2024年6月25日

発行者　佐藤隆信
発行所　株式会社新潮社
〒162-8711 東京都新宿区矢来町71
電話 編集部 03-3266-5411
読者係 03-3266-5111
https://www.shinchosha.co.jp

印刷所
株式会社精興社
製本所
大口製本印刷株式会社

乱丁・落丁本は、ご面倒ですが小社読者係宛お送り下さい。
送料小社負担にてお取替えいたします。
価格はカバーに表示してあります。

ISBN978-4-10-590195-0 C0397